KB152024

건강 백세를 위한

자연건강
식이요법

자연건강 식이요법

2014년 4월 10일 초판1쇄 인쇄

편 저 자 이 영 기
발 행 자 유 건 희
발 행 처 삼성서관

등록날짜 1992. 10. 9
등록번호 제300-2002-153호
주   소 서울시 종로구 종로50길 5-7
          (창신동)우일빌딩 401호
전   화 02-764-1258

정가 : 15,000원

건강 백세를 위한

자연건강
식이요법

李永基 編著

 삼성서관

머리말

　인간이 살아가는데 있어서 빼어놓을 수 없는 것이 바로 행복의 추구이다. 행복을 찾아 끝없이 달려가는 것이 바로 인생의 궁극적인 목표요 목적이라고 해도 가히 틀린 말은 아닐 것이다.

　인생에 대한 행복의 조건으로서 「오복」이 있다. 인간의 삶에 있어서 만약에 다섯 가지의 복을 다 갖춘다면 틀림없이 행복하다고 말할 수 있을 것이다.

　오복 중에 큰 비중을 가진 두 가지가 바로 건강과 오래 사는 것이다. 무병장수야말로 오복 중에서 가장 중요한 행복의 씨앗이 아닌가 한다.

　이 책은 바로 우리가 삶을 살아가는데 있어서 행복의 가장 기본적인 조건이 되는 무병장수를 위한 가이드로서 만들어진 건강비결집이다.

인간에게는 먹는 즐거움도 상당한 것일진대 기왕이면 몸에 좋고 오래 살 수 있게 되는 음식물을 만들어 복용하는 것이 어떨까?

현대인으로 하여금 건강에 대한 새로운 희망과 건강을 지켜줄 길잡이가 될 것으로 믿어 의심치 않는다.

아무튼 이 책은 오늘을 살아가는 소시민에게 새로운 희망을 주는 건강 가이드가 될 것으로 믿어 의심치 않는다.

여러분의 앞날에 오복이 주렁주렁 열리기를 기대하면서…

편 자 씀

차 례

2장 강정(强精)·강장(强壯)
하렘의 주인도 꿈이 아니다

4장

생리불순 · 불감증 · 갱년기 장해
아내 원기 있으면 남편 빨리 귀가한다

5장

건위(健胃)
바이탈리티는 위(胃)가 응원단장

7장

간장(肝臟)
침묵의 장기(臟器)에도 발언권이 있다

9장

호흡기계(呼吸器系)
도중에서 숨이 끊기는 것은 가엽다

건강한 남자에게는
미녀가 기다린다

스트레이트로 효과가 있는
강정용 비빔밥

남보반(男寶飯)은 양기성(陽起性) 남자의 제1급 정식으로 '남반(男飯)'이라고 의역할 수 있다.

곧 그 상대는 '여반(女飯)'도 있어 남자는 먹어서는 안 된다.

남녀의 성적 역할 분담을 확실히 인식하고 있어야 하는 것이다. 그런 만큼 남보반은 스트레이트 효과가 있다. 간단한 강정용(强精用) 비빔밥이므로 조금 피로한 독신자나 여성의 마음을 잡아야 할 남자에게 적합하다.

재료는 찹쌀, 검은 참깨, 메추리, 소흥주(紹興酒)와 간장이다. 백화점의 식육부에서 메추리를 세 마리 구하여 소금과 검은 후추를 뿌려 다진다. 물론 메추리는 뼈채 넣는다. 거기에 약용 향료를 큰 수저 2개 넣어 반죽한다.

소흥주와 간장을 동량 섞어 골고루 뿌린 다음 냉장고에서 하룻밤 재운다.

자신이 먹을 수 있는 분량의 찹쌀을 물로 씻고 동량의 검은 참깨를 가볍게 후라이팬에 볶아 대강 절구로 빻는다. 그 뒤에 이상 모두를 전기 밥솥에 넣고 스위치를 올리면 중국 도교에서 말하는 소위 '흑반(黑飯)'이 만들어진다. 흑(黑)은 최강의 양기 즉 발기(勃起)를 의미한다.

　　어려운 점은 하나도 없고 다만 물 조절을 잘하여 '찰밥'이 되게 한다. 메추리 세 마리와 향료의 분량은 찹쌀에 적합하게 배합한다.

　　매우 맛이 좋다. 목검 박하는 스파이스 코너에 있는 것인데 가끔 보면 청과부에서 '썸머·사포되'라는 이름으로 발견할 수 있다. 백리향(白里香)은 한방 의약으로, 유사한 효과를 얻을 수 있다.

정신이 명쾌해 지고 근골의 딱딱함이 풀려 그만큼 양기에 집중된다.

물고기의 알을 면으로 한 절륜식(絕倫食)
못카이퍼

남방 메콘강 유역의 화교(중국인 이주자)가 즐기는 못카이퍼는 물고기의 알을 주로 하는 스태미너 절륜식이다.

스태미너의 어원인 라틴어의 스타맨은 정자(精子)의 의미로, 물고기의 알은 이것을 만드는 효소의 하나인 포스파타제를 풍부하게 함유한다.

자손 번영을 위해서 좋다.

가혹한 기상 노동 조건임에도 불구하고 해야할 일은 다한다. 그런 원천이 되는 소박한 요리이다. 잉어, 붕어, 연어, 메기 등 강 물고기의 알 아니면 날치, 숭어, 연어, 도미, 북해도의 방아깨비, 수컷 농어의 알로 대용할 수도 있는데, 생선가게에서 찾을 수 있는 것이라면 무엇이든 좋다.

문어의 알집도 해등화(海藤華)라고 불리는 강정식(强精食)이다. 아무튼 하나를 선택하여 짙은 소금물로 씻는다.

물고기를 뼈채 다지고 같은 양의 돼지고기 비계와 마늘, 빨간 고추, 천궁(天芎), 분말 가루, 작은 새우, 메추리 알을 넣어 섞는다. 다음에 물고기의 알을 섞는다. 어장(魚醬)과 소금의 조미가 본격적인 맛을 낸다.

그 뒤는 바나나 잎에 싸서, 찌는 기계에 얹는다. 다만 바나나 잎은 우리나라에는 적다.

대신 연꽃의 잎이나 대나무 껍질을 이용하면 포도나 장미의 잎을 위에 겹친다. 얼룩조리대도 맞는다. 단오 날에 먹는 띠나 대나무를 말아서 찐 떡의 일종이라고 생각하면 이해가 빠르다. 찌는 기계가 없어도 냄비에 접시를 넣고 물을 약간 깔아 찌면 된다.

물고기 알 요리는 세계 각국에 있어서 강정식(强精食)으로 이름이 높으나 못카이퍼는 야성적인 친근감을 갖고 있다.

욕망의 피가 끓는다.

이미 정력 저하를 한탄하는 사람, 원기는 있으나 보다 한층 박력을 바라는 사람이라면 누구에게나 맞는다.

뱀장어를 사용한 절륜 요리
스완니 이마피엔

몸의 상태가 좋아지는 데는 스마(蒜泥鰻片) 한 접시가 절대적인 효과가 있다. 중국풍의 뱀장어 요리인데 한방약 그 자체라고 생각해도 좋다. 섹스 피로를 고친다.

이전은 중국 북부에서는 뱀장어는 물론 소위 긴 것에는 눈을 돌렸다. 이 메뉴도 남방계인데 문화 대혁명의 격렬한 국내 교류 이래 그런 경향은 적어진 것 같다.

굉장한 스태미너 요리다. 맛이 있어, 기회가 있으면 전국적으로 먹는 것이다. 뱀장어 토막 친 것을 압력솥(아니면 찜통)으로 가열한다. 조미 국물로 대추와 마늘, 토마토에 대량의 참깨, 빨간 고추를 사용한다.

절구에 이상의 것을 넣고 소흥주와 간장을 조금씩 넣으면서 빻고는 또 넣는다. 페스트 상태의 조미국물이 된 때에 토막 친 뱀장어에 끼얹어 먹는다.

뱀장어의 비타민A 효력은 이름이 높은데 마늘 성분이

비약적으로 흡수 효율을 높인다. 대추를 비롯하여 그 외의 식재(食材)도 체력 증강에 빼놓을 수 없는 존재이다. 모든 것을 갖춘 조미국물이 뱀장어와 함께 상승 효과를 발하여 병약자도 침대에서 일어날 정도의 위력이다. 파를 뿌리는 것도 좋다. 이전 복건성에 바다뱀을 사용하는 같은 요리가 있었다. 요리명도 같다.

우리나라에서는 특별 주문을 하면 가능할 지도 모른다. 바다뱀 특유의 아라키돈지질이 섹스 중핵(中核)을 자극하여 놀라울 정도의 효과를 본다. 그러므로 상식적으로는 뱀장어로 충분한 것이다. 토막의 모양이나 찌는 것에 저항감이 있으면 굽기로 대용한다.

스트레스에 시달리는 신경이 안정되어 푹 잘 수 있다.

궁극의 회춘식(回春食)
샤올우코

임포텐스, 불감증, 병적 조루를 고치는 샤올우코는 효과가 높은 회춘식이다.

원기가 있는데 욕구를 억누르면 오히려 몸의 건강이 나빠진다.

주 재료는 비둘기가 이상적(理想的)으로 그것이 없으면 꿩이나 공작, 오리, 산새, 메추리 등을 대용한다. 손질이 끝난 것을 그대로 사용한다. 그러므로 순서는 간단하다. 약국에서 사프란 1그램, 삼지구엽초 분말 10그램, 육두구와 감초 각 3그램을 구하여 새와 함께 중불로 끓인다.

새가 잠길 정도로 넣은 수분이 없어지면 그와 동시에 불을 끈다. 일광으로 표면을 건조시켰으면 흑설탕과 마늘과 초를 섞어 절구로 섞은 페스트를 전체에 바른다.

이렇게 하여 피너츠 오일로 튀긴다. 더할 나위 없이 맛있는 호르몬식이다.

피너츠 오일 대신 채종유(菜種油)나 참깨 기름이라도 좋다. 그 경우는 라더를 한 덩어리 넣는다. 가정에서 많이 사용하는 샐러드유는 그다지 좋지 않다. 샐러드유라는 식용유는 본래 없는 것이다. 정체 불명인 것이다.

그런데 샤울우코가 어째서 강렬한 회춘요리인가 하면 주재(主材), 부재(副材) 모두 성선(性腺)을 직격하고 필요 없는 신경의 과민 반응을 억눌러 곧바로 목표에 달하기 때문이다. 끓인다 → 말린다 → 튀긴다 세 번의 수고를 들여 큰 효과를 기대할 수 있다. 정액 조성 작용의 삼지구엽초, 부인과 계통의 명약 사프란이 공존하는데, 모두 남녀 균등하게 작용한다.

따라서 상황에 적절하게 먹는 비빔 요리의 효과는 근저부터 다르다.

그들이 안색을 잃을 정도의 위력을 갖는다.

토우후요우는 히데요시도 혀를 내두른 강정 요리

중국 문화의 영향이 강했던 옛 왕조의 귀족에게 인기가 있었던 발효 식품의 면품으로 지금은 일반 시민의 입에도 들어가게 되었다. 단적으로 말하자면 두부로 만든 강정 보존식(强精保存食)이다.

천명 연간의 베스트셀러 「두부 백진」에도 나와 있지 않다. 그 정도로 진귀하다.

색도 모양도 크림 치즈와 비슷하다.

붉은 감자와 10년 이상 된 쌀로 담근 고주(古酒)로 만든 즙에 두부를 넣어 1년 정도 재워 두어 발효시킨 것이다.

입 속에서 사르르 녹아 성선(性腺) 호르몬을 이상하게 자극한다.

프랑스에서는 그 즙을 소스로 하여 강정 버섯에 끼얹는다.

식민지 시대의 베트남 부도를 매개로 시작된 초강정식

(超强精食)이라고 생각되는데 프랑스에서 나는 쌀로 담근 술의 풍미는 각별하다.

통상 우리 나라 요리 쪽이 훨씬 나은 느낌이지만, 프랑스 요리 중에서 이것과 돼지 다리 요리 만큼은 별개로 취급한다.

아무튼 원종 '토우후요우'는 충승(沖繩)에 존재함으로 현지 관광에서는 빼 놓을 수 없는 진미이다. 선물로도 우선 부패할 걱정이 없다. 먹고 있는 동안 성생활의 불안은 사라진다. 강장 보건(强壯保健)에 이상한 작용을 하는 발효 식품인데 중국의 '신국'에 지지 않을 약효의 우수함에는 다만 놀랄 뿐이다.

1595년, 풍신수길에게 소금에 절인 조선 호랑이 두마리가 도진의홍으로부터 보내졌는데 동시에 '토우후요우'도 도착, 그것을 맛보고 천하의 진미라고 크게 기뻐했다고 한다.

히데요시도 정력 증강 요리를 좋아했던 것을 알 수 있다.

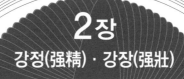

2장
강정(强精)·강장(强壯)

하렘의 주인도
꿈이 아니다

신혼의 정원에
토츄우를 심는다

　정원에 새로운 약용 식물을 한 그루 심고 싶다면 토츄우 (杜仲) 나무가 좋다. 일본에서 자라는 중국 차라고 생각하면 좋을 것이다. 귀중한 건강차이며 원산지인 중국은 수피 (樹皮)를 주로 사용한다.

　병충해, 박테리아에 강하고 그 때문에 농약이 없어도 잘 자란다. 각종 미네랄, 비타민, 칼슘, 타닌이 풍부하고 그중에서도 증정자 미네랄, 아연의 함유에 주목한다. 강정(强精) 정자생산, DNA의 합성에 빼 놓을 수 없는 성분이다.

　따라서 '불로 회춘(不老回春)의 차가 여기에 있는 것이다.

　카페인이 거의 포함되어 있지 않으므로 잠을 쫓는 데는 도움이 되지 않아 그것이 안타까운 점이지만 노인이나 어린이에게는 오히려 좋을지도 모른다.

　온 가족의 건강을 지키는 차로도 딱 좋다. 마시는 법은 보통의 차와 같다.

숙취가 없어진다.

생산지에 아는 사람이 있으면 한 그루 정도는 나누어 줄 것이다. 깊게 묻고 거름을 주어 두면 번성한다. 자신이 마실 차는 가능하면 자신이 만든다. 잎을 따서 후라이팬에서 가볍게 볶으면 된다. 더위에도 추위에도 강한 나무다.

신혼가정의 선물로 알맞다. 쓸데없이 비싼 것도 아니고 이것이면 틀림없이 아기가 태어난다. 정력 감퇴나 정자가 적은 것은 남자에게 있어서 수치이다.

남자를 흥분하게 하는 여성에게 적합한
미약(媚藥) 금창불도환

크리스트교와 인연이 깊은 오리엔트의 비약은 유향과 몰약이다. 크리스마스 이브가 되면 그리스도에게 무엇인가를 주는 세 사람의 박사 그림이나 테코레이션이 교회를 장식한다. 한 사람은 황금, 나머지 두 사람이 유향과 몰약을 갖고 있다.

모두 방향성의 수지(樹脂)이다. 유향은 신체 상태의 불완전을 부활시키는 데 주요 효과가 있고 기침, 구내염, 생리 불순, 통증 억제에 이용된다. 몰약은 창상, 자궁 부정출혈, 혹의 소염 등에 효과적이다. 통상은 각각 별도로 사용하지만 개중에는 양자를 합친 특수한 중국약도 볼 수 있다.

예를 들면 금창불도환 등은 홍콩에 있어서 저명한 미약이다. 두 가지의 비약에 하마네나시카즈라의 씨땅콩과의 만드레이크, 살구의 씨, 동충하초, 사향을 가하여 연지의 기름으로 만든 환약이다.

그리고 '마구방입(馬口防入)' 즉 여성의 좌약으로 사용, 남성을 흥분 시킨다.

실제로 사용하던 사용하지 않던 그들의 풍부한 창조력에 미소가 지어진다.

이런 여러가지의 역할을 가지는 유향과 몰약의 주산지는 남예맨과 오만에 걸친 마프라였다. 시바의 여왕으로 알려져 있는 사바아 왕조의 번성기 때가 절정이었다.

여기에서 최대 수출 품목인 두 가지의 비약은 말보다 빠른 마성(魔性)의 낙타 마프리종의 등에 실려 중국으로 운반되었다. 이후 중국의 남부에서 재배되어 중요 의약품의 긴 역사를 거치게 된다.

현재 중국 뿐만이 아니고 이스라엘, 이집트 그 외의 중동 제국에 팬이 끊임없는 것은 그런 경과에 의한다. 알집, 자궁에 자극을 준다.

하이비스커스는 이집트에서
불로강장(不老强壯)의 비약(秘藥)이었다

열대계의 약용식물 불상화(佛桑華)는 일반에게 하이비스커스의 이름으로 친숙해져 있다. 루비색의 봉오리를 말려 허브티로 마시는데 혈압 안정, 더위 방지, 빈혈, 강장(强壯), 건위(健胃), 정장(整狀)의 작용이 강하다.

약초 연구로 중국과 어깨를 나란히 하는 서독에서는 올림픽 선수의 강화 드링크에 섞어 사용한다. 철분, 비타민 C, 미네랄을 다량으로 포함한 그 자연의 신맛이 몸의 상태를 조여 준다. 그러므로 이것을 마시면 건강 때문이라며 무리하게 식초를 마시는 일은 없을 것이다.

소량으로 훌륭하게 목의 갈증이 멎는다. 당뇨병인 사람은 여름만이라도 친해지면 하루하루가 즐겁다. 고대 인도나 이집트의 왕가에서 불로 강정의 비역으로써, 또 여성의 미용을 위해서도 빼 놓을 수 없는 존재였다. 인도양 여러 섬, 남태평양 여러 섬이 원산지로 지금은 무수한 개량 품종이 생겼다.

일본의 석담도 산 토노그스크 등이 유명하다. 이자매종이라고 생각되는 대만의 하이비스커스차가 주로 개인 무역으로 우리나라에 들어오고 있다. 그런 물건은 봉오리의 원형 그대로이므로 성질도 양질이다. 루비색이 짙은 허브티는 뜨겁게 해도 차갑게 해도 맛있다.

천연의 향기 신맛은 그야말로 열대계의 약초 화형(花形)이라고 해도 좋다. 홍차를 넣는 요령으로 마신다. 진 쌀로 만든 소주 파이칼 등 강한 술인 경우에 식혜 물 대신으로 사용하면 심하게 취하지 않는다. 청량 음료를 습관적으로 마시는 어린이에게 주면 건강 증진에 도움이 된다.

육식 중심의 아메리카, 아랍, 유럽 제국에서 혈액의 산성 중화에 좋다고 유행중이다. 열심인 사람은 자신이 개량종을 만들어 내어 문 밖으로 나가지 않고 하이비스커스차를 마시고 있다.

꽃의 관상은 이미 익숙한데 허브티도 개성적이어서 좋다.

소철의 열매와 산호 분말의 쌀로 빚은
소주는 만능약(萬能藥)

충승(沖繩)의 무도가들에게 건강식품의 방문판매가 실시되었다.

강정장수의 '용궁성의 술'이 상품으로 한 병에 30만원이었다고 한다.

이 술의 정체(正體)는 소철 열매와 산호 분말의 쌀로 담은 소주이다. 불로 회춘의 술로서 옛부터 남국을 중심으로 애호가가 많았다. 분명히 효과가 있는 식품이다.

다만 소철의 빨간 열매와 바다의 산호를 따서 자신이 만들면 천원 정도로 만들 수가 있다. 산호가 없으면 게의 껍질 분말이라도 좋다. 전신 피로, 위약, 발기 불완전, 노이로제, 생리불순, 중풍의 예방, 노안, 청력 약화, 기침 방지에 이용한다. 평상시 마시는 것보다 몸의 상태가 나쁠 때의 약으로 생각한다. 즉 스피리츠에 싱글글라스 한잔이 적당한 용법이다.

이 술이 계속 무거운 심장을 가볍게 한다. 제법(製法)은 소철 열매 1킬로그램에서 떫은 맛을 빼는 것부터 시작한다. 이 과정을 생략하면 안된다.

3일 낮, 3일 밤 동안 목욕탕의 수도를 틀어 놓고 떫은 맛을 뺀다. 다음에 햇빛에서 바싹 말리고 산호를 게 껍질의 분말 200그램과 함께 쌀로 빚은 술 1.8리터에 넣으면 끝난다.

1개월 정도 뒤에 마실 수 있다. 말레이 반도 해안 부근에서는 용의 부산물 말린 것을 역시 '용궁성의 술'이라고 불리우는 것이 재미있다.

도시에 살아 소철 채집이 무리라면 한방 약국에서 '생약 소철 열매'라고 하면 살 수 있다.

산호나 게 껍질 분말도 기성품이 있다. 없는 경우에는 소철과 용의 부산물만으로도 좋다.

성능(性能) 향상, 노화방지(老化防止)에 요부강화체조(腰部强化體操)

회복기 환자의 사회 복귀를 빠르게 하는 중국의 의료 체조 중, 선수경(先髓經)의 영향이 강한 연속 동작을 들 수 있다.

세 가지의 기본으로 구성되어 있다. 골수(骨髓)를 씻는 자율신경에 자극을 주는 것으로 뇌와 내장의 리듬을 활발히 하는 것이다.

① 발 끝으로 앉아 두 손의 손바닥을 허리 뒤에 댄다. 즉 웅크린 자세이다. 2개의 원을 그리며 허리 관절을 10회 문지른다. 개각(開脚)은 자연스럽게.

② 일어나서 다시 허리 마사지를 30회. 발 끝으로 서서.

③ 이어서 뒤로 젖힌다. 같은 곳을 10회 문질러 끝낸다. 이것도 발끝으로 서서 실시하기 때문에 단시간이지만 운동량은 상당한 것. 자연 호흡으로 좋다.

허리를 중심으로 상체와 하반신이 뜨거워진다.

백병(百病)을 치료한다고 한다. 쇠약한 몸의 회복을 빠르게 한다거나 병을 예방한다고 이해하면 좋을 것이다. 매우 복잡한 인체의 메카니즘의 각 포인트에 자극이 파급되도록 교묘하게 편성되어 있다.

예를 들면 노인 노망, 성 능력의 저하와 밀접한 연관이 있는 간뇌(間腦)에 전달회로의 기저부인 허리 관절에서부터 리듬을 송신하여 잠에서 깨우는 것이다. 손발의 탈력감, 어깨나 허리 결점을 곧 해소할 수 있다.

과연 뇌수(腦髓)에서 발끝까지 모든 골수가 닦이는 느낌이 든다. 순서가 간단하여 외우기 쉬워 좋다. 감정 중추의 간뇌가 둔하면 모든 노화현상이 일어나는데 그것을 방지하는 것이다.

전 동작을 통하여 전신을 다소 오버한 느낌으로 떠는 것이 요령이다. 일종의 진전술(振戰術)로도 취하면 좋은 체조이다.

제왕(帝王)도 즐겨 마신
덴드로비움

정신 안정, 강정(强精)의 절대식인 난과(科)의 덴드로비움은 꽃, 줄기, 잎을 말려 사용한다. 중세 유럽 각국의 왕실이나 한(漢) 11대째의 성제(成帝)가 애호했다고도 알려져 있다. 말하자면 왕조의 비약(祕藥)이다.

현대에는 마음만 먹으면 얼마든지 손에 넣을 수 있다.

금침채(金針菜)와 같이 말려서 사용하든가 단품으로 약용주로 한다. 성제는 '백명의 궁녀를 거느렸다'라고 일컬어지는 스태미너 제왕으로 모든 강정식(强精食)을 탐하였는데 덴드로비움도 빼 놓을 수 없었다. 중국에서는 석각(石角)이라고 한다. 운남성, 사강성, 절강성 산(産)의 순으로 귀하게 여겨진다. 각각 난과 식물이 다생(多生)한다.

운남성은 VIP 취급을 받는데, 야생 소형의 것과 덴드로비움 푹 끓인 것을 낸다. 약용주를 만드는 데는 1·8리터의 소주와 덴드로비움 약 200그램이 알맞다. 어름 사탕도 동량 넣는다.

1개월 지나면 35도 이상의 알콜에 약용 액기스는 거의 침출된다.

이것을 반 잔을 1회의 양으로 하여 하루에 2번 마신다. 식후 마시는 것도 좋다. 물론 침주로도 상관없다.

여성의 성적 장해, 히스테리, 초조, 불면, 자면서 땀을 흘릴 때에도 효과가 있다. 성급하게 단번에 많이 마시면 몸이 이상해진다. 약효가 강하기 때문이다.

증량(增量)은 잔 반을 한잔으로 하여 하루에 2회까지 괜찮다.

미각적으로 저항감이 있으면 와인이나 리큘에 섞는다. 약용주는 즐기면서 마시는 것이므로 무리하게 흘려 넣어서도 효과가 없다. 요리도 마찬가지이다.

삼국지의 영웅들이 구전(口傳)한 전통적인 약초이기도 하다.

조혈작용(造血作用)으로 약한 몸이 되살아 나는 지황주(地黃酒)

전신 쇠약에 의한 임포텐스, 전립선 비대, 요도의 약화 방지에 지황주(地黃酒)가 효과가 있다. 새로운 혈액이 생산되어 5장 6부를 활달하게 만드는 것이다.

주 재료는 고마노하구사와 아카야지오우의 뿌리이다.

그 유명한 팔미지황환(八味地黃丸)의 주요 약이라고 하면 알기 쉽다. 복합제인데 지황주는 단품으로 좋다. 즉 손으로 만드는 한방주이다. 몸의 상태는 나쁘지만 아직 약품에는 손을 대고 싶지 않고 가능하면 자력으로 위험수역을 탈출하고 싶은 사람에게 적합하다. 강한 소주 1.8리터에 말린 뿌리를 300그램 넣을 뿐이다. 1개월 두었다가 하루에 2회 큰 잔으로 한잔씩 마신다.

병 후에 회복을 촉진시킨다는 점에서도 평가는 높다. 단 것을 즐기면 뿌리와 동량(同量)의 어름 사탕을 가한다.

또는 다른 과실주와 칵테일한다.

밀감주, 레몬주가 맞다. 효과는 강하지만 희소한 약재가 아니므로 어느 한방 약국에나 있을 것이다. 다만 자신이 마실 것인 만큼 어떤 식물인지를 보고 싶을 경우에는 약초 코너가 있는 식물원에서 볼 수 있다. 창설 당시에 중국의 원종 재배가 시작되었다고 보여진다. 그 무렵에는 '사호희 메'라고 의아하게 불리우고 있었다. 엷은 홍색의 꽃이 여성의 입술울 연상시켜 그렇게 이름 지어진 것이다.

조혈, 강장, 개에게 물렸을 때에는 생즙을 마신다. 어떤 이는 어렸을 때 개에게 고환을 물려 중퇴에 빠졌으나 이것으로 생명을 건졌다.

강정효과(强精效果) 발군(拔群)의 불로회춘 (不老回春) 라마주(蘿摩酒)

라마주(蘿摩酒)는 가가이모의 씨앗으로 만든다. 불로 회춘을 목적으로 하는 선인주의 하나로 강정 효과가 강하다. 비교적 간단하게 만들 수 있으나 난용(亂用)은 좋지 않다. 예를 들면 당뇨나 임포텐스인 사람이 이것을 마시면 도전 가능하게 되지만 다른 기관이 그에 따르지 않아 복상사(復上死)의 위험이 생길 정도이다.

따라서 특정한 지병이 없는 사람과 건강한 사람을 위한 약용주이다. 산이나 들에서 자생하는 만성 가가이모에서 과실을 따서 안이 꽉 찬 씨앗을 말려 사용한다. 강한 소주 1.8리터에 200그램 넣는다. 어름 사탕을 동량 가하면 마시기 쉽다. 1개월 후부터 마시기 시작하는데 저녁 식사 후 한 잔 정도로 효과가 난다.

동북의 온천에서 나오는 것에는 자른 잎이나 줄기도 많이 들어 있다. 그 편이 효과가 있다고 한다. 다만 고대 중국의 신선들은 잎을 말려 분말로 하여 산에서 산을 건널 때 가지고 다녔던 것 같다.

여자 신선과 만나기 전에 계곡에서 마신다. 분말은 휴대하기에 편리하다. 그래서 잎이나 줄기는 술에서 제외했다.

또 생 여린 잎은 좋은 산채(山菜)가 된다. 또 찧으면 젖과 같은 액이 나오는데 이것을 뱀이나 독충에게 물렸을 때 상처에 댄다. 사마귀 떼는 데도 효과가 있다.

피를 깨끗이 하는 작용이 강한 식물로 이것이 불로 회춘을 바라는 신선들에게 주목을 끌었다.

산의 동굴 생활에서 일어나기 쉬운 류마티스, 신경통을 예방한다. 신화에도 나오는 가가이모인 만큼 인류기 시작된 이래 건강에 공헌해 온 것이다. 가을이 채집기이므로 한 병 마련해 둔다. 놀랄 정도로 맛이 깊다. 산과 인연이 없는 사람은 약국에서 산다.

잠들기 전에 한 잔, 남녀가 흥분하는
토사자주(莵糸子酒)

중국 고대부터 전해지는 강정회춘(强精回春)의 비약(秘藥) 토사자주는 하마네나시카즈라의 씨앗으로 만든다. 신장에 작용하는 힘이 강하므로 일과성(一過性)의 미약(媚藥)과 달리 바람직하다. 순국산을 원하는 경우에는 네나시카즈라의 씨앗이라도 좋다.

채취기에는 만추에서 초동에 걸쳐서이다. 모두 말린 씨앗을 사용한다. 300그램을 1.8리터의 강한 소주에 담으면 끝난다. 이것만으로도 품질 좋은 단 맛이 배여 나오는데 단 것을 원하면 어름 사탕을 적당히 가한다.

성질이 급한 사람은 1개월 후부터 마실 수 있다. 저녁 식사를 하면서 싱글 글라스로 한 잔, 자기 전에 또 한 잔을 마신다. 정자량이 늘어난다. 그침이 없는 정력을 상징적으로 나타낸 것이다. 모두 임포텐스, 파워의 저하, 전립선의 느슨함을 치료하는 데 이용되어 왔다.

줄기를 끓여 임질을 고친 역사도 있다. 즉 하반신의 전용주라고 생각 되어졌던 것 같다.

강정 회춘의 작용이 메가톤급인 것도 납득이 간다. 여성에게도 좋다.

같은 하루가오과의 선화주(旋花酒)가 당뇨에 적합하고 이쪽은 신장에 적합한 것은 틀림없으나 우선은 전자의 형에 위치한다. 매일 2회 성행위 정도의 능력이 있을 때에는 마시지 않는 편이 무난하다.

하마네나시가즈라의 생능은 이상해서 다른 식물에 감겨 영양을 빨아먹으면서 산다.

완전히 기생하면 처음의 흡반에서부터 하부는 녹아 없어 진다. 뿌리가 없어진 다음 본격적으로 자란다. 생명력이 강한 식물이다.

또 발기중핵(勃起中核)으로 작용할 뿐 아니라 심신의 강장에도 탁월한 효과를 나타냄으로 아이들의 허약 체질 개선에 응용할 수 있다.

스프나 카레에 끓인 액을 가하는 등 용도는 넓다.

히루가오주에게 밤의 파워는 맡겨라

선화주(旋花酒)는 남자의 정력 향상과 여성의 불감증 치료 및 당뇨 격퇴의 약용주로 특정 팬의 신앙은 두텁다. 일반적으로 말하자면 히루가오주를 가르킨다. 만추에 뿌리를 캐어 말라 비틀어진 줄기나 잎과 함께 강한 소주에 담그면 특상주(特上酒)가 만들어 진다. 1.8리터에 대해 재료 200그램, 동량의 어름 사탕을 넣는다. 1개월 뒤부터 마실 수 있다. 저녁 식사 후 밤 사이에 작은 잔으로 각 한 잔 정도 마시면 뇌신경이 안정되어 불필요한 초조가 깨끗이 사라진다. 건강한 야성 본능만이 예리해 진다.

이것이 성생활에는 무엇보다도 필요한 것이다. 당뇨병, 임포텐스에 대해서는 그렇기 때문에 효과가 있다는 것이 아니고 혈당치를 정상화하는 작용이 근대 약학으로 알려진 특이한 산물이다.

따라서 강정 작용의 촉진이라고 생각하면 좋을 것이다. 낮에 꽃을 피우는 히루가오는 그다지 볼 수 없다. 지방에 따라서는 독풀로 취급하여 평판이 나쁘다. 낮술과 같다. 히루가오는 엷은 색의 꽃이 장마철에 피기 때문에 음탕하다고 여겨지고 또 씨앗없이 뿌리가 증가함으로 나쁘다고 여겨졌다. 그러나 사실은 인간의 생식을 지탱해 주는 양성(良性)의 잡초이다. 산이나 들 어디에서나 볼 수 있다. 가정 원예용 작은 스콥으로 팔 수 있다.

장작으로 구워 먹어도 맛있다.

실제로는 고구마 맛이 난다. 캠핑에서는 튀겨 먹기도 한다. '신랑에게 가는 것보다 가을 산으로 가라' 라는 속담도 있지만 히루가오도 빼놓을 수 없다. 몸이 가벼워지며 위를 버릴 염려가 없어 좋다.

대륙의 북방 마적은 칼로 베인 상처나 총탄의 상처가 빨리 아물도록 하는 데 애용하고 있었다. 조직의 재생산 능력을 높인다. 노루나 사슴이 먹는 것은 잘 알려져 있다.

메뚜기의 스낵으로 성력(性力),
전투력 충만

가을에 번식하는 메뚜기는 미네랄, 단백질의 덩어리로 살아 있는 비타민제 그 자체인데 강장강정(强壯强精), 증정자(增精子), 조정액(造精液), 설사, 백일해, 열병, 피부질환 그 외 약용 예를 들면 끝이 없다. 중국에서는 작맹이라고 하여 말려서 보존한다. 아마 아라비아 의학을 흡수한 당시대부터의 전통이라고 생각하는데 끓인 즙을 먹거나 분말을 바르는 등 증상에 따라 용법이 다양하다.

여기에서 원류인 아라비아와 메뚜기의 관계를 볼 수 있다. 아무튼 아랍인들은 메뚜기를 즐기며 그것을 문답무용(問答無用)의 스태미너원으로 알고 있다. 생 소금절임, 올리브유로 튀긴 것 등의 습관이 일반적이고 특수한 예로는 날것을 그대로 먹어 버린다. 아랍인의 호색도는 너무나도 이름 높다.

그들에게 박해를 받던 고대 이스라엘인에게 모세가 '당

신들도 메뚜기를 먹으라' 라고 권했다는 것은 성서에도 나와 있다. 그렇지 않고서는 생식 능력이나 전투 능력에 있어서 도저히 아랍인에게 대항할 수 없기 때문이다.

우리나라는 겨우 농약 난용(亂用)의 반성기에 이르러 다시 메뚜기가 돌아 왔다. 가을은 절호의 포획시기이므로 잡아서 먹으면 좋다.

비타민 A나 칼슘이 작은 몸에 충만하여 인체에 계산할 수 없는 은혜를 준다.

열탕에 넣었다가 햇빛에 말린다. 말린 것을 참기름으로 볶아 가페 가루를 뿌려 먹는다. 또는 죽도 입에 맞는다. 바삭바삭 말린 것은 보존용으로 좋다.

분말은 동창이나 살갗이 튼 곳에 바른다. 심하게 부었을 때는 매실 말린 것과 함께 바른다.

급성 설사는 분말을 한 스푼 가량 먹으면 낫는다. 또 메뚜기의 스낵을 수시로 먹으면 평소 성생활에 좋다. 연속 성교도 태연하게 할 수 있다.

불능(不能)과 불감증(不感症)이 사이가 좋아지는 구기자 나무

가지과(科)의 구기자 나무는 고금을 통하여 중국에서 가장 친근한 민간약의 하나로, 통상은 보건강장(保健强壯)으로 야채가게에서 푸른 채소를 구하여 먹는다. 즉 야채취급을 하는 것이다. 실은 요리나 약용주로 사용한다.

아무튼 피를 깨끗이 하는 작용이 강하고 피로 회복이나 혈압 안정에 좋다. 버릴 것이 없는 약용 식물로, 뿌리는 지골피(肢骨皮)라고 하여 이것 또한 이용률이 높다. 예를 들면 임포텐츠와 여성의 불감증 대책에는 술(어떤 술이라도 좋다)에 말린 근피(根皮) 10그램과 황정(黃精)을 동량 넣고 하룻밤 놓아 두었다가 술만 걸러 30그램 정도를 저녁 식사 후와 자기 전에 나누어 마신다. 다른 약용주와 달리 두 가지의 약재에 술을 잠길 정도로 붓는다.

일주일 동안은 마실 수 있다. 이편이 조금씩 몸에 익숙해져 강한 성분을 흡수할 수 있어 좋은 것이다. 그리고 이런 종류의 약액은 연용(連用)하지 않는 편이 좋다는 원칙을 따라 다음 일주일 동안은 마시는 것을 쉰다. 그 사이는 사용 후의 두가지 약재를 약한 불에서 후라이팬에 건조시켜 분말을 흑설탕과 끓여 놓은 것을 역시 저녁 식사 후와 자기 전에 한 숟가락 먹는다. 이상의 순서를 수차례 반복하는 중에 남녀 모두에게 점차 완치의 징조를 볼 수 있다. 사람에 따라서는 처음 약액(藥液) 단계에서 치료된다.

뇌신경의 안정 작용이 쓸데없는 초조한 기분을 사라지게 하고 필요한 흥분만을 남겨 성생활의 부활에 기여하는 것 같다. 임포텐스, 불감증이어서는 선조에게 할 말이 없다고 오랜 기간에 걸친 경험이 낳은 중국인의 지혜이다.

한방 약국에서 두 가지 약재를 구할 때 가루로 만들어 받으면 건조나 분말화를 할 수고가 들지 않아 편리하다. 요통이나 생리 불순도 치료된다. 구기자 나무 처방은 많이 있으나 이것은 한가지 예이다.

병약(病弱) · 백낙천(白樂天)이 술 다음으로
즐긴 복초(福草) 냉이

냉이는 봄 3월의 대표적인 변비과 약초이다. 중국에서는 시인 백낙천(772년~846)이 매우 즐겼다고 알려져 있다. 유년 무렵부터 허약다병(虛弱多病)하여 고혈압증, 변비, 약시(弱視)의 지병으로 골머리 앓던 그에게 어울리는 약초라고 할 수 있다. 어느 병에도 효과가 있다.

그 때문이라고는 할 수 없지만 '인생 칠십 고래희이다'로 일컬어지던 단명(短命) 시대에 있어서 75세까지 매우 쾌적한 인생을 보냈다.

지금도 악마를 쫓는 복초(福草)로 취급한다. 죽에 넣거나 기름에 볶아 먹는 것은 우리나라와 다름 없으나 말린 야채로 보존한다. 또는 소금에 절여 자연 발효시켜 먹는다.

칼슘, 단백질이 많은 진귀한 식물로 현재는 고혈압, 출혈성 치질, 자궁 부정출혈을 고치고 간장과 신장의 강화에 이용하고 있다.

눈의 충혈이나 통증에는 끓인 액이 자연히 식기를 기다렸다가 그것으로 그 부분을 씻는다. 사용 부분은 식용으로 여린 잎, 약용은 전체를 사용한다. 즉 뿌리에서부터 뽑아 모두 사용한다. 번식력이 강한 풀이므로 이런 대담한 사용법으로도 죽지 않는다. 잘 씻어 그늘에서 말리면 1년 내내 도움이 된다. 지혈작용이 강하다는 것이 현대 한학 관계자들에게 알려져 냉이를 원료로 하는 신약(新藥)이 만들어지고 있다고 한다.

따라서 피가 멎는다고 치질이 낫는 것은 아니지만, 그런 상태를 우선 막아야 하는 경우 등에 응용할 수 있다. 변비에도 현저한 효과가 있으므로 생각 이상의 효과를 얻을 수 있다.

고혈압은 생잎을 많이 먹던가 마른 풀 20그램을 하루 분량으로 끓여 먹으면 발작의 위험률이 높은 급한 상황을 막을 수 있다.

일가(一家)가 맛볼 수 있는 황정(黃精)을 넣은 생굴밥

절륜식(絶倫食)에 황정(黃精)을 넣은 생굴밥은 빼 놓을 수 없다. 일상의 요리에 질린 혀에는 더할 나위 없이 미각을 만족시켜 준다. 우리나라에서 말하는 나루코유리의 말린 뿌리로, 얼핏 보면 시든 홍당무를 연상시킨다.

이것이 병 후의 회복을 촉진시키거나 불능자나 불감증을 구제하는 묘약이라고 생각할 수 있다. 당뇨(糖尿)나 요통에도 활용된다.

각각의 약효에 대해서는 오랜 세월을 거쳐 실증이 끝나 있다. 효과가 분명히 있는 것이다.

생굴 성분에 원기의 근본인 글리코겐, '요드'인 등의 상승 작용으로 한층 효과가 오른다.

황정 한개를 주전자에 넣어 스토브에 얹어놓고 익고 있는 동안에 약액이 나온다. 씻은 쌀에 보통 물 대신 약액을 사용하고 그 뒤는 보통 생굴밥 짓는 순서와 같다.

신혼 가정에도 딱 맞는다. 다만 강정에 도움이 될 뿐 아니라 허약한 어린이나 노인에게도 적합함으로 모든 가족이 모여 맛볼 수 있는 보건 강장식이라고 할 수 있을 것이다. 간장을 다소 많이 사용하는 것이 요령이다.

　　모든 산채 요리에 사용하는 만큼 식탁에 어울리는 식물이므로 미각적으로 거의 위화감은 없다. 다른 강정 식품과 달리 마력은 나와도 혈압이나 혈당 이상을 초래하는 무리가 없다는 점도 좋다.

　　또 생굴밥용으로 약액을 사용한 후 주전자에 물을 더 부어 불에 올려 두면 당분간은 약탕으로 마실 수 있다.

　　대륙에서는 중국 나르코유리를 한결같이 생약으로 사용하고 가끔 황정반을 만든다. 그것도 좋지만 생굴밥에 넣으면 극히 자연스럽다. 한방을 싫어하는 사람도 감탄한다.

　　남으면 볶음밥을 만들면 좋다.

3장
노화방지 · 회춘(回春)

묘석(墓石), 화석(化石)에
피가 끓는다

가까이 있는 재료로 노화방지(老化防止)의 묘약 보양출마환(補陽出馬丸)

이명(耳鳴), 난청, 뿌연 시력, 정력 감퇴 등의 노화증상을 치료하고 고혈압에서 암에 이르는 광범위한 성인병을 예방하는 보양출마환(補陽出馬丸)은 다음 요령으로 만든다. 재료는 마늘, 삼백초, 참깨의 세종류. 둥글게 만들기 위해 달걀 노란자를 사용한다. 삼백초는 마른 잎의 분말, 마늘은 생것을 갈아서 참깨는 볶아서 각각 같은 양을 절구에 넣고 달걀 노란자를 가하여 페스트 상태가 될 때까지 섞는다. 여기에서 냄비로 옮겨 약한 불로 끓이다가 되직해지면 불을 끈다.

20분이 기준. 약간 식은 때, 손에 메밀 가루를 묻혀 콩알 정도로 둥글게 한다. 이렇게 하여 후라이팬에서 콩을 볶듯이 볶아 완료한다.

식후에 3알씩 하루에 3번 먹는다. 물이나 술이 없어도 목구멍을 잘 빠져 나간다. 삼백초나 마늘의 이상한 냄새는 사라져 입 냄새의 원인이 될 염려는 없다.

홍콩에서 '보양출마환' 의 약명을 한때 미약이라고 생각했다. 그러나 그렇지 않다. '출마한' 이란 중국에서는 의사의 왕진을 의미한다. 따라서 '병이 난 사람에게는 언제나 의사가 붙어 있다' 라는 약명인 것 같다.

성분 표시를 해독하면 전기(前記)의 세 종류가 주재(主材)이다. 모두 우리 나라에 친숙하다. 즉 가까이 있는 것들이다.

한 번에 너무 많은 양을 만들지 말고 조금씩 시험해 본다. 미약은 아니지만 정기가 넘친다.

백발이나 탈모도 방지한다고 한다. 내용은 단순해도 배제(配劑)의 묘(妙)에는 감탄을 한다.

이 경우의 삼백초는 마른 잎에 한한다. 날 것과 마른 잎과는 성분에 차이가 있기 때문이다. 고혈압이나 변비는 이 편이 좋다.

참깨는 지방이 변질하지 않은 신선한 검은 참깨를 선택한다. 그 외에 특별한 주의사항은 없다.

뿌리는 것만으로 장수강장(長壽强壯)
오향분(五香粉)

식탁의 향료에 중국의 오향(五香)스파이스를 가한 것이다. 장수강장의 약재 5종이 아주 잘 배합된 약미(藥味)이다. 백화점에서도 구할 수 있다.

뿌리는 것만으로 중국식의 손의 감촉을 즐길 수 있다. 예를 들면 라면이나 볶은 것과 만난다. 먹기에 질린 어묵을 중화어묵 냄비에 뿌리면 중화냄비로 변신한다.

오향분의 배합은 여러 가지 있으나 표준적으로는 다음과 같다.

① 계수나무 : 녹나무과 식물로 해독, 피를 맑게 하는 데, 발한의 촉진, 건위건뇌(健胃健腦)의 효과가 있다. 방광염의 주요 약재로도 알려져 있다.
② 회향 : 건위정장(健胃整腸)의 특효약으로 유럽에서도 인기가 높다.

③ 정향(丁香) : 정향나무 봉오리를 말린 것으로 복통 일반의 명약. 몸이 찬 사람이나 생리 불순을 치료하고 구강내의 염증을 막는다.

④ 촉숙(蜀淑) : 삼초의 열매 과피(果皮)로 위와 뇌 및 신장의 작용을 강화한다.

⑤ 진피(陣皮) : 밀감의 껍질, 기침이나 담을 막고 위의 피로로 의한 구역질을 억누른다. 혈액 순환을 양호하게 유지하고 피부를 아름답게 하는 작용이 크다.

감기와 위의 트러블에 중요한 보조 약재로써 자주 사용된다.

이상의 다섯 종류 품목이 교묘하게 혼합되어 자연스럽게 일상의 식사에 있어서 몸의 보전에 도움을 주는 것이다.

사용량은 맛으로써의 성질상 매우 적지만 선택에 탁월한 중국 전통약의 상승 효과는 높다. 식욕이 난다.

능력(能力)의 일시 저하는 연꽃의 열매에 맡긴다

심인성(心因性) 임포텐스, 스트레스에 의한 여성의 불감증은 연꽃의 열매를 사용하여 치료 한다. 분명히 말해서 의약으로 고친 전례는 없는 것이다.

물로 만들면 어떤 조리도 곧 할 수 있다. 예를 들면 연꽃의 열매의 즙을 팥과 섞어 양갱이도 쉽게 만들 수 있다.

약효가 강한 냉과로써 찌는 더위의 계절에 좋다. 일본의 주변 여러 섬에서는 신경의 정상화, 강장화를 제 1의로 하는 스테미너식에 반드시 라고 말할 수 있을 정도로 연꽃의 열매를 넣는다. 다만 예와 같이 복잡하여 일반가정에서 만드는 것은 성가시다.

그 점에서 연꽃의 열매즙은 단순 명쾌한 의료식이라고 할 수 있다. 껍질을 벗기고 말린 씨앗(열매)을 3시간 정도 물에 담그고 동량의 쌀로 질게 밥을 한다. 양질의 소금을 조금 떨어트리면 완성이 된다.

굴곡이 없는 고상한 맛은 우리에게 딱 맞는다.

연꽃의 열매즙을 식사에 양갱을 먹고, 죽은 간식으로 먹으면 강장 알카로이드가 심신에 파고 들어 좋다.

성적 장해에 한하지 않고 위장 신장의 강화나 보혈과 피를 맑게 하는데 도움이 된다는 것은 동양 의학의 오랜 역사 중에 실증이 끝났다. 발상지인 인도에서 중국을 경유하여 불교와 함께 건너왔는데 귀족 계급만이 먹었었다. 지금은 쉽게 구할 수 있다.

일과성(一過性)의 능력 저하에 당황하지 말고 부작용이 없는 연꽃의 열매에 의지하는 것이 현명한 처치법인 것이다. 일단 치료하면 이전에 비해 강정(强精) 체질이 된다. 따라서 비관하지 않아도 괜찮다.

불안감이 사라져 갈 수 있다. 신경의 불안과 성능력은 반비례한다.

기분, 체력의 자연스러운 회복은 연꽃 열매에게 맡기면 된다.

노망 방지, 허리도 뻗을 수 있는
삼지구엽초주(酒)

노망 방지, 강정(强精), 증정자(增精子)에 삼지구엽초의 약용주가 효과가 있다. 이것만은 끓여서 마셔도 그다지 효과가 없다. 알콜과 상성(相性)이 좋은 것이다.

삼지구엽초의 회춘 작용은 전설적으로 유명하며 그 때문에 오히려 실용화에 멀어져 있다. 그러나 터무니없이 고가로써 득이 되지 않는 미약에 비해 불멸의 강정 약초주(强精藥草酒)라고 단언 할 수 있다.

일본의 들이나 산에 자생한다. 1.8리터의 강한 소주에 거의 동량의 말린 삼지구엽초를 넣는 것만으로 되고 기호에 따라 어름 사탕을 가해도 좋다. 1개월 정도 냉암소(冷暗所)에 두면 마실 수 있게 된다. 하루 양은 잔으로 두 잔에 머무른다.

1주일만 연용(連用)하면 정기가 넘친다. 보통 '허리를 펼 수 있다' 라고 하는데 전신이 가뿐해 진다. 건위작용(健胃

作用)도 있으므로 지나치게 마셔도 위를 상할 염려도 없다.

늦은 봄 채취한 수주(數株)를 정원이나 화분에 심으면 힘차게 늘어난다. 겨울에는 모습이 없어지지만 매년 꼭 춘풍과 함께 싹을 티우는 귀여운 들풀이다.

화분 하나에 자가용 일년 분 정도는 생긴다. 꽃, 잎, 줄기를 적당하게 가위로 잘라 사용한다. 그루가 늘어나면 화분에 나누어 신혼 가정에 선물하면 좋다. 빨리 손자의 얼굴을 볼 수 있다.

소주는 35도 이상의 것이라면 어느 것이든 좋지만 만일 있으면 소위 도주(島酒)인 흑당주(黑糖酒)나 쌀로 만든 소주 등이 맞다.

산해(山海)의 진미를 모아 청춘 회귀하는 해마대보주(海馬大補酒)

모든 유형의 정력 감퇴를 치료하는 중국의 진귀한 약주 해마대보주(海馬大補酒)는 가정에서 손으로 만든다. 해마 즉 바다용의 암컷과 숫컷이 주역인데 더 나아가서는 도마뱀의 쌍을 가하면 즐거움이 더 커진다.

절륜(絕倫)의 한정 효과에 한하지 않고 노화를 막고 전신의 활력을 끌어 내는 데 좋다.

전립선의 느슨함, 원시(遠視)의 시작 등 슬슬 노인의 경계선에 발을 들여 놓는 것이 아닌가 싶을 때에 먹으면 청춘 영역으로 되돌아 간다. 현역 스포츠 선수에게도 권하고 싶다.

바다용의 암컷과 숫컷 30마리, 도마뱀 한쌍, 구기자 3개, 사슴의 뿔 한개, 대추 3개, 황정 50그램을 한약방에서 구하여 큰병에 섞어 30번 이상 소주를 가득 부으면 끝이다.

재료는 모두 건조품인데 구할 때는 분말이 아닌 모양을 지니고 있는 물건을 선택하는 것이 요령이다.

고가인 인삼을 가하도록 권유 받을 때는 거절하는 편이 좋다. 귀중한 약임에는 틀림없으나 여기에는 불필요하다.

1개월 후면 다 익지는 않았지만 먹기 시작할 수 있다. 천천히 잘 수 있을 정도로 맛도 있고 약효도 높지만 시음(試飮)도 좋은 것이다.

필요없는 신경의 초조는 없어지고 필요한 흥분 작용만이 산다.

이성(異性)의 꿈으로 잠을 깨는 일은 있어도 한밤중에 화장실에 가는 일은 없다.

무엇이든 섞으면 된다 라고 할 수는 없지만 산해의 진미와 신기한 것이 모인 이 한 병이 인생을 풍부하게 하는 것은 분명하다.

하루 걸러 큰 잔으로 한 잔에서 세 잔까지는 괜찮으나, 매일 마시는 것은 지나치다.

장수 강장의 중국약의 틀, 손으로 만드는
주공백세주(周公百歲酒)

장수 강장의 중국 약의 틀을 결집한 주공백세주(周公百歲酒)는 고대 중국의 명군·주공단의 손으로 만든 약용주라고 한다.

너무나도 유명함으로 새삼스럽게 말할 것도 없지만 보건강장(保健强壯), 치병(治病), 강정(强精)의 효과가 있어 당시의 주공단은 백세를 넘기며 장수를 유지했다.

그리고 놀라울 정도로 여러 종류인 약재 혼합이 이 술의 특징의 하나이다. 성가시면 일일이 한자에 구애되지 말고 다음의 재료를 메모 대신으로 하여 약국에 가는 수도 있다. 그 나름대로 조제해 줄 것이다. 그 뒤는 약 종류의 총합량과 같은 정도 만큼 어름 사탕을 가하고 강한 소주에 넣어 보존하면 된다. 알콜1.8리터 분에 대해 각 약재 분량으로 한다.

복령을 홍백의 2종, 맥문동, 구기자의 열매, 천궁, 밀감의 껍질, 방풍, 산수유, 오미자, 생강, 당삼, 백술, 귀판, 이상을 각 10그램.

황정과 지황이 각 20그램, 황구, 당귀, 각 152그램, 합쳐서 18종류.

귀판은 거북이의 등인데 기호에 따라서는 자라 한 마리를 넣은 것도 좋다. 이 경우 통째로 사용한다.

담구었으면 1년 동안은 놓아 둔다.

이 동안은 다른 약용주를 마시며 시기가 오기를 기다린다.

단 3개월 지났으면 시음하는 것도 재미있다. 하루 50그램까지 효력이 있다.

여성이 도전하는 회춘비약(回春秘藥) 육두구주(肉荳蔻酒)

　강렬한 회춘 비약, 육두구주(肉荳蔻酒)는 손으로 만들어 즐기는 것을 원칙으로 통상의 성능력이 있는 동안은 마시지 않고 저장한다. 즉 인간의 쾌락 추구는 끝을 알 수 없는 면을 갖고 있다. 너무 욕심을 내어 심장에 지장을 가져와서는 안되는 것이다. 준비해 두면 걱정이 없다는 생각으로 준비하자. 재료는 육두구 200그램, 35도의 소주 1.8리터, 어름 사탕 300그램 뿐, 육두구의 원식물(原植物)은 남양 모릇카 여러 섬이 원산지로 향료는 이미 익숙하다.

　그 옛날 유럽에서 육두구 100그램과 사금 100그램으로 거래했던 대물(代物)이다. 회춘제(回春劑)로는 과실 속의 배유를 사용한다. 지금은 그렇게 비싸지 않다. 대항해 시대(對抗海時代)와 사정이 달라 값이 싸졌다.

　만드는 방법은 입구가 넓은 병에 이것과 어름 사탕을 넣고 소주를 부으면 끝이다. 약 1개월 후에 마시기 시작한다.

1회 10그램 정도를 하루에 2회 마신다. 몸 상태에 따라 40그램을 하루량의 한도로 한다. 식사 사이, 식후, 잠자기 전에 적합하다.

　서양풍인 현대식(現代食)에 딱 맞는다. 식욕을 자아낸다. 성 신경을 자극하고 기능 강화에 작용을 가하는 힘은 상당한 것이다. 그러므로 함부로 마시면 다른 기관에 영향을 미친다. 따라서 성력(性力)이 강한 사람은 피하는 편이 무난하다. 여성이 마셔도 상관없다. 그 점에서 좋은 화합주라고 한다. 육두구를 구할 때의 주의점은 씨앗 그 자체인지 껍질 등의 쓸데없는 것을 처리한 뒤의 배유 부분인지를 확인한다.

　배유가 주역이다. 남방의 중국계 이민에게는 오랜 애호가 들이 많이 있다.

부부 화합에 영원한 미용 건강
양귀비주(楊貴妃酒)

영원한 미용 건강주, 양귀비주(楊貴妃酒)는 남자가 먹으면 강정장수(强精長壽)의 비약이 된다. 따라서 한병 있으면 부부화합에 도움이 되는 좋은 술이다. 후궁 3천명의 미인도 단 한 명의 양귀비의 색기에는 안색을 잃었고 현종 황제의 애정을 양귀비 혼자 독차지 했다. 그런 두사람에게 방사과다(房事過多)의 장해가 일어나면 안된다고 당시의 도교 의학에 있어서 최고의 수준인 약용주가 만들어졌다.

그것이 양귀비주이다. 현대에도 그대로 통용된다. 피를 맑게하고 강장강정(强壯强精), 노화 방지가 3대 특징이다. 피를 맑게하는 제 1군=당귀, 미시마사이꼬, 잇꽃, 작약A, 목단, 향부자, 강장 강정의 제2군=용안, 대추, 중국, 인삼, 노화방지의 제 3군=국화, 작약B, 박하.

이상을 30도 이상의 소주에 담근다. 또 제 1군의 작약A는 뿌리의 외피를 제거하고 처리한 빨간 작약으로 산부인과의 소재가 된다.

제 3군의 b는 백작약으로 남녀 공통의 신진대사의 촉진제로서 뿌리의 외피를 그대로 사용한다. 이와 같은 처방은 비밀이 지켜졌다.

또 중국 인삼은 양귀비가 저혈압 기미가 있었기 때문에 이용되었다. 그렇지 않다면 제외해도 전체의 효과는 변함이 없으나, 그것을 마시는 사람의 몸의 상태를 생각한다.

각각의 분량에 대해서는 이 항을 메모 대신 찢어 지참하면 한약방에서 몸의 상태에 따라 조합해 준다. 그것을 집에서 소주에 담근다. 짙게 만들어 조금 먹는 것이 요령이다. 극약적인 소재가 없는 격이 높은 궁정주라고 할 수 있다.

불로강정(不老强精)을 누구보다도 바라는 정재계인들 사이에서 은밀하게 유행하고 있는 한약방이다. 매우 비싼 한약재도 양귀비주의 수준을 훨씬 밑돈다. 자신을 가져도 좋다.

노화(老化)를 방지하고 오체(五體)를 쉬게 하는 감자죽

　지친 위장을 쉬게 하고 오체를 키우는 데, 신장을 강화하고 노화를 방지하여 정력을 강하게 하는 것이 신선죽이다.

　실크로드의 퉁꼬우에서 발굴된 이 죽의 기록은 일본의 가정에서도 가볍게 만들 수 있는 것이다.

　기본적으로는 감자죽이다. 쌀에 말린 참마를 넣고 부추의 씨앗을 가한다. 그 뒤에 그것을 끓이면 '신선죽'이 만들어진다. 특히 중국산의 참마에 한정된 것이 아니고 우리나라의 참마라도 좋다.

　부추의 씨앗도 정원 구석에 심으면 집에서 얻을 수 있는데 야채 가게의 부추 잎이라도 상관없다. 소금으로 맛을 조절하여 먹는다. 야뇨, 침한(寢汗), 병적몽정 어깨결림이 낫는다. 요컨대 심신을 강장(强壯)하여 장명강정(長命强精)을 유지하기 위한 약과 음식이다.

허약 체질의 개선, 병후 조기 회복에 좋다. 몸이 따뜻해진다. 감자가 밀크 상태가 될 때까지 끈기 있게 은은한 불에서 녹이는 것이 요령이다. 깨끗한 맛에 소화가 잘 되고 육식 중심의 포식 시대에는 사막에서 오아시스를 만난 정도의 가치가 있다.

참마는 산약(山藥)이라고 불리우고 한방의 주요 약재인데 다행히 우리 나라의 참마는 효능성에서 뒤지지 않는다. 참마의 전통은 동서 모두 오래 되었지만 우리 쪽은 식습이 중단되어 있다. 그러나 중국은 광동을 중심으로 점점 애호가들이 늘고 있다.

여성은 여기에 경도 씨앗을 가하여 자궁의 부정출혈을 억제하고 남자는 구기자의 열매로 강정 효과의 증대를 기하는 등 신선죽의 무한의 응용에 열심이다.

시황제(始皇帝)를 구한
회춘선약(回春仙藥) 밤죽

   밤은 '콩팥의 묘약으로써 건과의 왕' 이라고 중국에서 존중된다. 특수한 단백질을 포함하여 인체내 흡수율이 높다. 그러므로 신허(腎虛), 과음(過淫)에 의한 정력 소모를 즉시 회복하는 묘약으로 인정되었다. 돼지의 신장과 함께 지은 죽이 회춘식으로 유명하다.

   칼로 떫은 껍질까지 깎아 날것을 사용한다. 또는 말린 밤을 물로 씻어 같은 조리법으로 먹는다. 다리와 허리가 탄탄해 진다. 약해진 시력이 되돌아와 재도전의 의욕이 넘친다. 다시마로 국물을 내고 목이버섯을 가하는 것이 일반적이다.

   만리장성과 36궁정으로 구성되는 아방궁을 만들고 무수한 미녀로 넘치는 웅대한 시황제가 그만 신허가 되었을 때 이것으로 치료했다고 한다.

   당시 황제의 명령으로 사방팔방으로 선약을 찾던 중 누

군가가 밤죽을 전했다. 두나라 다 밤과 다시마는 풍부하여 '귀한 것은 동해의 해제와 검은 열매이다' 라고 그쪽 고서에 남아 있다.

밤이 모양이 깨지기 직전, 부드럽게 익은 죽을 소금으로 간을 맞춘다. 하루에 20그램, 돼지의 신장은 100그램을 기준으로 한동안 계속 먹는다.

다시마, 목이 버섯은 손상시키지 않은 범위에서 가능한 많이 넣는다. 두 가지 모두 피를 맑게 하고 조혈, 신경의 안정작용으로 알려져 있고 위장에도 좋다.

추운 계절에는 추위를 예방하고 감기를 막는다. 밤이 목이나 비강의 점막을 강화하는 작용도 있지만 역시 여러 재료의 상승 효과로 보는 편이 자연스러울 것이다.

밤의 종류는 상관없다. 성수기에는 날것, 비성수기에 있어서는 마른 밤을 사용한다. 노인이 힘이 넘친다.

젊음 되찾기, 노망 방지에 장수 체조
시해선(尸解仙)

중국 선도계(仙道系)의 체술(體術) 시해선(尸解仙)은 직역하면 관통(棺桶) 깨기의 체조로, 진의(眞意)는 죽음에서 멀어져 가는 장수 체조가 된다.

즉 건강의 기본이다. '일장일시(一張一施)'란 긴장과 릴렉스를 의식적으로 실시하는 행동이라고 생각하면 좋을 것이다. 예를 들면 조용한 잠에서 깨어난 순간, 땅 속에 묻혀 숨을 되찾은 자신을 상정하고 무슨 일이 있어도 관을 깨고 땅 위로 부활한다.

하복부 옆구리 등뼈에 힘이 들어가지 않으면 그런 순발력은 나오지 않는다. 그리고 돌파구의 감촉을 얻었다고 생각된 때 '정으로 되돌아가 숨을 정비하여 지상 탈출의 사안(思案)을 모아 다시 '동(動)'으로 옮겨간다.

이 단계에서는 한점 집중주의가 좋다. 좌우 어느쪽인가의 뒷꿈치, 넓적다리, 머리 찌르기. 어디라도 좋으므로 한

부위에 전력을 집중하여 돌파, 지상으로 기어 나가 신선한 공기를 흡수한다. 부활이다.

일종의 이미지 체조인데 그날 하루가 다시 태어난 듯 기력에 넘치게 된다.

대륙의 고대인은 재미있는 것을 생각했던 것이다.

낚시꾼인 태공망(太公望)도 시해선(尸解仙)의 실행자로 알려져 있고 엄청난 장수를 누렸다.

동작 중 모르는 사이에 허리 관절에 힘이 모인다. 젊음을 되찾는 데는 더할 나위 없다. 노망도 일어나지 않는다. 화장실이나 목욕탕을 관으로 생각하면 어디에서나 언제나 실시할 기회는 있다. 무엇이든 의욕이 나지 않고 신경만 날카로운 최악의 상태에서는 이 체조가 잘 듣는다.

아무튼 필사의 체조이다. 심신이 되살아난다.

저혈압증 등 아침에 약한 사람에게 적합하다. 괴로운 아침도 즐거워진다.

환자도 마음 가볍게 실행할 수 있는
노자안법(老子按法)

도교의 노자안법(老子按法)은 강장장수(强壯長壽)를 위한 노인체조의 원류라고 이해하면 좋고 병 회복기에 적용해도 효과가 있다.

즉 침대에서 일어날 수 있는 정도의 체력이 있으면 실시할 수 있다. 앙와위(仰臥位)→ 안좌위(安座位)→ 앙와위(仰臥位)의 코스이므로 피로하지 않다. 우선 누운 채 이를 딱딱 마주하고 나오는 침을 씹는다는 생각으로 다문다. 처경이 조여지고 신액이라고 불우는 체약을 정화한다. 의욕이 난다.

다음에 손바닥을 서로 비비며 상호의 팔을 씻듯이 근육 마사지로 이동하고 손목과 팔꿈치 관절에 스트레치를 가한다. 발에도 마찬가지로 실시한다.

이렇게 하여 몸에 탄력을 주었으면 책상다리를 한다. 목 뒤로 두 손을 끼우고 등뼈와 경추를 천정을 향해 젖히는 느낌으로 신장시킨다.

두손을 풀고 전방의 가장 먼 지점에서 크로스 운동을 실시한다. 당연히, 허리 관절을 앞으로 구부리는 편이 멀어진다. 그리고 뒤로 손을 대고 복부와 가슴을 크게 신전(伸展)한다.

숨을 쉬었으면 다시 목 뒤로 손을 끼워 오른쪽과 왼쪽으로 몸을 구부린다. 그리고 책상다리로 앉아 오른쪽 팔꿈치와 왼쪽 무릎의 터치 운동 및 반대로 실시한다.

처음의 앙와위(仰臥位)로 돌아가 편하게 손발을 뻗고 이를 서로 마주 한 다음 끝낸다. 각각의 동작에 정해진 횟수 등은 없다. 적당히 실시해 본다. 힘은 빼는 편이 좋고 유연 체조를 한다는 생각으로 편안하게 코스를 따르는 것이 요령.

1회의 시간은 짧게 잡고 하루에 2번 정도 하는 것이 좋다. 단숨에 해서는 피로해 진다.

한참 동안 계속하면 만병은 사라지고 눈은 밝아지고 근골(筋骨)이 젊음을 되찾는다. 침대에서 일어나 걸어 돌아다니지 않을 수 없게 된다고 말하고 있다.

호두 주스는 노망 방지와
미용에 특효(特效)

호두 주스를 애호하는 페르샤만 해안 여러섬에는 강정의 전쟁을 시작하면 멈추지 않는다. 일찌기 음미(淫靡)한 '천일야물어(千一夜物語)'를 낳았다.

사탕수수를 짠 즙에 호두를 가하고 밀크 상태로 된 주스를 마신다. 드디어 호두는 실크로드를 거쳐 대륙에 뿌리를 내렸다. 불로회춘의 신선 사상과 연결, 호두즙 가루 합도로(合桃酪)가 되었다.

기초 체력의 향상, 건뇌강정(健腦强精), 노화 방지, 아름다운 피부, 기미 제거, 변비와 생리 불순, 이명(耳鳴), 불면증의 해소, 중풍 예방, 노이로제 근치 등에 주로 효과를 본다.

리놀산, 주석산, 비타민 B_1, B_2, B_{12}, E, K, 양질 고단백질을 그대로 합리적으로 인체에 공급하는 효과를 얻을 수 있다. 점차 눈이 빛나간다. 호두즙 가루 만드는 방법은 우선 호두의 열매를 뜨거운 물에 담구어 떫은 껍질을 벗기는 것에서부터 시작한다.

쌀 및 말린 대추를 합쳐 믹서에 갈고 꿀이나 사탕수수즙을 넣어 반나절 불로 끓인다. 먹기 전에 떡을 넣으면 더욱 즙 가루다워진다.

본격적으로는 떡 대신 연꽃의 열매를 사용한다. 이것도 강정강장(强精强壯), 부인병 치료의 약용 과실이다. 말려서 팔고 있다. 감미료는 흑설탕도 잘 맞는다.

호두는 싸고 많이 나와 있다. 달리 입수 곤란한 재료는 없다. 다만 호두는 신선한 열매가 아니면 의미를 잃는다. 지질(脂質)이 강함으로 산화(酸化)하기 쉽다. 떫은 껍질이 싱싱한 색이면 대개 안심할 수 있다.

비싼 비타민제나 화장품에 쓸데 없이 돈을 쓸 것 없다.

아내 원기(元氣) 있으면
남편 빨리 귀가한다

누에의 분말은 여성의 생식기능(生殖機能)을 강화한다

누에도 신화 시대부터 100퍼센트 효과가 있어 이용되어 온 곤충으로, 지금도 양잠 지대에서는 실크의 원료로 이용 될 뿐 아니라 약용 및 식용으로 이용한다. 예를 들면 중풍 의 후유증 회복에 잠사(蠶砂)를 술에 담구어 직사 일광에 쪼여 분말을 만들어 먹는 것 등이다.

즉 뽕나무차의 엑기스를 먹는 효용이라고 생각되는데 류마티스나 관절염에도 효과가 있다.

또 경화병으로 죽은 백강잠은 같은 효과에 여성의 생식 기능을 강화시킴으로 더욱 진귀하고 귀하게 여겨진다. 누 에의 인체 효용을 모르는 도시 사람에게는 미신속설(迷信 俗設)로 받아 들여져 왔으나 부신피질의 작용에 주목한 현 대 중국에서는 정부의 지원을 받아 백강잠을 인공적으로 양산하고 있다.

성가신 중풍의 언어 장해, 반신 불수에 광명을 던지는

효과가 있다. 우리 나라에서도 옛부터 그런 약리(藥理)에 임한 선조가 있었으나 근대화에 의해 전통은 모습을 감춘 상태이다.

한방에 만병 통치는 아니지만 '옛것을 끊임없이 새로이 안다' 라고 대륙의 깊은 마음은 훌륭하다.

기호에 따라 다르지만 성충(成蟲)의 나방은 비슷한 강정약으로 마찬가지의 효과를 얻을 수 있다. 강한 불에 살짝 튀겨 떡가루와 꿀을 섞어 콩알 크기로 만들어 햇볕에 말린다. 금방 큰 효과가 나타난다. 피로를 모르는 스태미너 인간이 된다.

젊음 되찾기, 갱년기 장해에 산수유(山茱萸)의 열매

이명(耳鳴), 정신불안, 불면(不眠) 등에 갱년기 증상을 고치고 심신을 활달하게 하는 산수유의 열매는 단맛, 신맛에 따라 나누어 쓰면 친해지기 쉽다. 단맛은 말려서 씨앗을 뺀 열매를 10그램 동량의 흑설탕과 잼을 같이 끓여 먹는다. 신맛은 소주 1.8리터에 대해 200그램 및 어름 사탕을 동량 넣어 1개월 이상 재워 두었다가 약용주를 먹는다.

모두 효과가 있다. 불쾌 증상이 낫는 것만으로는 시시하지만, 자양강장(滋養强壯) 성분의 사과산, 주석산, 그 외의 작용으로 젊음을 되찾는 데 좋다.

약용주는 저녁 식사 때 한 잔, 자기 전에 또 한 잔 정도 마신다. 쨈은 적당히 하루에 3번 먹는다. 예를 들면 아침부터 토스트에 발라 먹어도 좋은 것이다. 장년, 노년층의 비지니스맨에게도 여성에게도 맞는다. 달콤새콤하여 맛있다.

중국에서는 본래의 주효(主效)는 임포텐스, 빈뇨(頻尿), 심한 잠꼬대, 이가는 데, 자면서 땀을 흘릴 때의 치료로 이용되는데 너무 기다리지 말고 노화를 늦추는 약용 과실이라고 생각하고 즐기는 것이 좋을 것이다.

이것은 이른 봄 산책길에 황금색의 꽃이 산뜻하다.

가을에 빨간 열매를 맺는다. 실용에 쓸 것을 줍는 것은 힘든 일이므로 수입품을 얻는 것이 빠르다. 본토 중국에는 많이 있다.

중국에서는 초고서(超古書)에도 그 이름을 볼 수 있어, 예를 들면 선인이 신기를 키우기 위해 열매를 먹는다고 한다. 열매만으로는 떫고 시다. 술이나 쨈에 함께 섞어 먹으면 적합하다.

우슬은 불감증(不感症)에 즉효(即效)인 회춘제(回春劑)

촉촉한 봄비에 지지 않는 화합의 '우슬(牛膝)'은 남자에게 뿐만 아니고 여자에게도 침대의 의욕을 불러 일으키는 스태미너 의료식이다.

우슬은 비름과의 약용야초(藥用野草)인데 전립선 비대나 당뇨에 의한 현저한 포테즈의 저하, 신경성의 초조루(超早漏)에 효과가 있다. 여성에게는 통경(通經), 불감증 치료, 갱년기 장해의 극복에 효과가 있다.

풀 속을 걸으면 의복에 씨앗이 붙는데 그것이 우슬로 뿌리를 말려 서용한다.

줄기는 사각으로 마디가 둥글게 부풀어 있다. 우리 나라의 선조의 눈에는 '맷돼지, 산돼지'의 무릎과 같이 보였다. 중국인은 소의 무릎이라고 보아 우슬이라고 한다.

무릎이나 허리의 관절통에 효과가 있는 것은 강한 정혈 작용 때문으로 주효(主效)는 회춘이라고 생각하면 좋다.

그러므로 화합라면은 말린 뿌리를 10그램 넣는다. 두 사람의 1회 양이다.

큰 냄비 가득 물을 넣고 헝겊으로 감싼 우슬과 닭 토막친 것 300그램을 넣는다.

조금 지나서 팔각(스타니스)을 하나 가한다. 끓으면 천연 소오다수가 비공(鼻孔)을 찌른다. 라면을 넣고 거기에 홍당무, 마늘, 피망, 파를 가하면 완성된다. 간장과 소홍주로 맛을 낸다. 참깨 기름도 잊지 않는다.

이상은 어디까지나 기본형이므로 기호에 따라 변화를 준다. 우슬의 자루는 면을 넣기 직전에 버린다.

닭은 성조(聲調)의 토막친 것을 이용한다.

임신중인 여성은 먹지 않는 것이 원칙이다.

몸이 찬 사람, 빈뇨증(頻尿症)에 효과가 있는 한냉지(寒冷地)의 필수식(必需食) 부추

백합의 약초인 부추는 몸을 따뜻하게 하는 강장작용(强壯作用)으로 알려져 있고 소변을 보면 고드름이 되는 중국 동북부에서는 없어서는 안될 야채이다. 몸이 찬 사람, 빈뇨, 야뇨, 요통, 감기 복통 등 약용의 범위는 매우 넓다.

일반적으로 부추만두나 부추국을 먹으면 좋은데 다소 특수한 처방도 알아두면 도움이 된다. 예를 들면 감기에 부추와 생강즙을 한 잔 마시면 좋다.

혼합 비율은 동량. 쥬서를 사용하면 어려움없이 만들 수 있다. 복통이나 야뇨에도 마찬가지로 좋다.

씨앗도 요통, 유정(遺精), 빈뇨에 사용한다. 30알을 빻아 물로 마시는 것이 좋다. 소변이 나오지 않는 것도 곤란하지만 마구 나오는 것도 부자연스럽다, 병의 원인은 검사를 한 다음 이것으로 치료한다. 또 같은 용법이 숨겨진 미약이 된다는 것은 그다지 알려져 있지 않다. 이 경우 주류나 소금물로 마시는 편이 더욱 효과가 있다.

지금까지 욱신욱신하던 허리를 쭉 펴지고 허리 내부의 생식기관에 힘이 넘친다. 신선한 피가 통한다. 부추의 흰 작은 꽃은 귀여운데 가을이 되어 과실에 검은 씨앗이 6개씩 열린다. 마력이 숨겨져 있음에 틀림이 없다고 오랫동안 약효를 추구했던 대륙에서 이런 효능이 발견되었다.

검은 씨앗을 말려 불을 쪼이지 말고 씹어 부수는 것이 좋다. 이가 좋지 않은 나이에 적용할 때는 한 컵의 물로 마신다. 조금 성가시지만 약효에는 변함이 없다.

정원 구석에 많이 가꾸었으면 뿌리를 파내서 잘 씻어 하루 정도 햇볕에 말려 장을 부어 두면 더할 나위 없는 진미가 난다. 하반신이 뜨거워진다. 된장에 묻는 것도 좋다.

혈압(血壓), 갱년기에 부부 함께
모란피(皮)

　백화(百花)의 여왕 취급을 받는 모란은 뿌리의 껍질을 모란피라고 하여 여러 가지 약용으로 사용한다. 단품으로는 5그램을 끓여 고혈압. 요통, 관절염, 갱년기의 제 증상 개선에 하루에 3회로 나누어 먹는다. 따라서 부인 전용약과 같이 일컬어지고 있는데 그렇지도 않다.

　고혈압으로 초조의 연속, 게다가 변비때문에 오는 치질이 악화 일로에 있는 남성에게도 적합하다. 즉 중년 부부의 보건약(保健藥)이다. 신경을 가라 앉히고 혈액을 정화하는 힘이 강하다.

　중국 의약서에서 '배 안의 핏덩어리를 내린다' 라고 지적하고 있듯이 하반신을 지키는 신(神)이다.

　이것을 배합한 대황모란피탕은 맹장을 자르지 않고도 치료한다. 다만 초보자의 요법(療法)은 무리이다. 만일 집안에 맹장이 많이 발생하는 경향이 있으면 단품을 졸여 예방을 기하는 것이 한도이다.

맹장염(충수염)의 병리 조직은 현대의학으로 100% 해명되어 있다고 하지만 사실적으로는 별반 모른다.

예를 들면 흔히 말하는 '급성 맹장'은 스포츠에서 신기록을 세운 후나 돌연히 발생하는 것이다. 보통 때 돌보아 두면 그런 일은 생기지 않는다. 임신중의 여성은 그만 두도록 한다. 그야말로 배 안의 핏덩어리를 내리는 것이다. 산후의 정혈(淨血)에 사용하는 것이 좋다. 정원에 5년 정도된 모란이 있으면 만추가 채취기이다.

파낸 뿌리를 씻는다. 칼로 껍질을 벗긴다. 10센치 정도로 잘라 햇볕에 말린다. 타로토란과 같이 깜짝 놀랄 정도의 거근(巨根)이다. 없으면 한방약국에 가면 반드시 비치되어 있다.

또 수제(手製)인 경우 파낸 뿌리의 심은 목욕통에 넣어 두면 좋다. 치질이 치료된다.

손오공도 탐했던 백약(百藥)의 과수(果樹)
복숭아

복숭아는 중국에서도 장수의 선과(仙果)라고 하는데 과육 뿐 아니고 잎, 꽃, 씨앗의 총칭이라고 생각된다. 과육만으로 선과라고 조급하게 해설하면 특별한 특수 성분도 없으므로 잘못된 결론이 나와 버린다.

예를 들면 씨앗은 생약명 '도인(桃仁)'으로 생리 불순, 고혈압, 뇌출혈, 변비에 이용하는 중요한 약재이며 흰꽃의 봉오리는 '백도화'로 설사에 사용한다. 잎은 피부질환과 미용을 위한 입욕(入浴) 재료로써 이름이 높다.

역시 고대부터 생식의 심볼로써 복숭아의 얽힌 일화가 있다.

희대의 호색 원숭이 손오공은 복숭아와 인삼을 욕심내어 먹었다. 그들 '서유기'의 일행이 건넌 황하 상류에 가까운 통천강 부근이 원산지로 우리 나라에 도래한 역사는 오래 되었다. 세포의 신진대사를 촉진하는 약용 과수라고 한다.

특히 씨앗은 체내의 불필요한 물질이 척척 배출하는 효과가 있다. 그러므로 중국 민간에서는 생리 불순이나 산후에 5그램 정도의 분말을 하루 양으로 하여 따뜻한 물에 녹여 마신다.

고혈압이나 심한 변비를 동반하는 경우는 중국 의학의 처방에 의한 '도핵승기탕(桃核承氣湯)'이 유명.

씨앗 5그램, 계수나무와 감초가 각 1그램, 대황 3그램, 천연의 함수유산 나트륨 2그램이 배제(配劑)의 기본이 된다. 여성에 한하지 않고 고혈압에는 신앙에 가까운 믿음을 보이며 증상을 억제하면서 분방한 성생활을 영위하는 실업가도 있다. 상성(相性)이 좋은 것일 것이다.

복숭아와 같이 장미과인 살구의 씨앗에는 남녀의 정욕을 자아내는 기묘한 작용이 있는 것도 사실이지만 난용(難用)은 하지 않는 편이 무난하다고 생각한다.

불임증(不姙症)에 발군(拔群)의 효과
닭 다리와 볏

중국 남부에서 말레이 반도에 걸쳐 플레이보이 사이에 '팔보진을 즐기는 여자에게는 손을 대지 말라' 라는 말이 있다.

이것을 먹는 여성은 수태하기 쉽다. 아기를 바라는 여성이 먹는 것이니 주의하라는 의미이다. 따라서 아이를 바라는 부인에게는 좋은 약용 스프라고 할 수 있다.

주재(主材)는 닭 다리와 볏인데 그 노란색 단단한 부분과 빨간 관을 사용한다. 다른 것으로는 토욱기, 센큐우, 부크류우, 계수나무, 작약, 맨드라미의 합계 여덟 품목. 닭 전문집과 한방약국에서 일괄 구입할 수 있다.

맨드라미가 없으면 클로우버를 구한다. 모아서 헝겊 자루에 넣어 스프를 만들고 다리와 볏은 참기름으로 볶은 다음 넣어 푹 끓인다. 1주일 동안에 1회 먹으면 많다. 1년 내내 우리 나라에서 말하는 '기다리는 배' 의 상태가 된다.

남자에게 있어서 기쁜 일인지 슬퍼해야 할지 알 수 없다. 엄청나게 임신률이 높아진다. 임신하면 먹는 것을 멈춘다. 그리고 성교 빈도를 많이 가지면 모체에 독이 된다. 시집가기전의 여자에게도 몸의 상태 불활발, 발육 불완전에 이용하면 매우 유효하다. 또 몸이 찬 사람, 생리불순, 변비는 수회 먹으면 곧 낫는다.

팔보진은 이와 같이 효과가 있는데, 만일 여러 가지 품목을 갖추는 것이 성가시고 스프를 끓이는 것도 성가신 경우는 생에네르기 타입의 응용이 가능하다.

닭 다리를 참기름으로 튀겨 소금에 뿌려 먹는다. 홍콩에는 그런 전문점이 있어 여성이 몰리고 있다. 매일 먹으면 상당한 효과가 있다.

다만 진심으로 임신을 원하든가 또는 불감증을 치료하고 싶으면 역시 팔보진 스프에 한한다. 갱년기의 여성이 마시면 다시 젊어질 수 있다.

입덧 막기, 스트레스 해소에
축사인(縮砂仁)

순산의 묘약 축사인(縮砂仁)은 충승에서는 민간에게 사용된지 오래 되었다. 중국과의 오랜 문화 교류를 연상시킨다.

또한 타이에도 번성하는 약용 식물이므로, 쌀로 빚은 소주의 역사와 합치면 어느쪽에서 도래한 것인지 알 수 없다. 아무튼 충승에도 야생하고 임산부의 입덧 멈춤의 역할을 다하고 있다.

진통 완화에도 도움이 된다고 한다. 방향(芳香)이 강한 씨앗을 사용한다. 스트레스성 설사를 억제한다. 신경의 침정효과(沈靜效果) 탓이므로, 무리하게 억누르는 느낌이 없어서 좋다.

이런 약효 때문에 신경성, 위염, 토하고 싶은 마음, 소화불량으로 응용된다. 임산부의 사용은 아무래도 신비적인 생식 작용과 관련됨으로 자기 멋대로 사용하지 말고 담당

의사와 상담하는 편이 무난하다.

대부분 축사인을 잘 모르는 경우가 많다. 어쨌든 고통스럽지 않게 건강한 아이를 낳으면 그것으로 좋다. 본래는 건강한 남성의 경우는 씨앗을 적당히 씹으면 신경성 위염이나 설사는 곧 낫는다.

특이한 방향으로 마늘 등의 구취를 없앤다.

추원형의 빨간 열매가 열리고 이것으로 약용주를 만드는 예도 있는데 그다지 맛있지 않다. 따라서 생약(生藥) 처리된 축사인을 이용하는 편이 상식인 것 같다.

위염에 따라서는 단속적인 구역질을 동반하는 경우가 있는데, 이때 도움이 된다. 멈추는 약은 달리 몇가지 있으나 강하게 위를 버린다. 이것이라면 안심하고 사용할 수 있다. 심경 쓰이는 통증이 썰물처럼 사라지고 다시 원기가 돌아온다. 마찬가지로 중국 약명이면서 '축사인'으로도 통용되지 않고 '사인' '축사'라고 불리우는 것도 있다. 주의하기 바란다.

생리(生理) · 부인병 일반의 영약(靈藥)
평봉초(萍蓬草)

　　평봉초(萍蓬草)는 다른 이름이 천골(天骨)이다. 수련과의 개연 꽃 이라고 하면 알기 쉽다. 조금 다른 중국약이다.

　　강이나 늪에 나고 진흙 속에서 뿌리를 둥글게 틀고 자란다. 잎이 마른 겨울철이 파기 쉽다. 남자에게는 강장강정(强壯强精), 여성에게는 부인관계 일반의 영약이라고 알려져 있다. 사춘기에서 갱년기까지의 복잡한 생리 구조를 순조롭게 한다. 그러므로 민간의 소위 부인약의 기초가 된 역사는 길다. 남성에게 맞는 약효인데 임포텐스를 고치는 강정제라는 말을 저명한 문학자로부터 들은 바 있다.

　　아마 특수한 알카로이드 성분에 의해 효과는 있을 것이지만 지금 확신은 없다.

　　강장효과에 대해서는 잘 알려져 있다. 또 경도의 음경 탈구, 스포츠 타박상은 뿌리를 문질러 밀가루와 합쳐 바르면 잘 낫는다. 파낸 뿌리를 잘 씻어 적당히 잘라 햇볕에 굴

리며 말린다. 하루의 양을 10그램 정도로 졸여 나누어 복용하면 우선 걱정은 없으나, 이전에 갱년기 장해로 걱정하던 여성이 한번에 치료하려고 많이 복용, 설사를 한 케이스도 있으므로 조제의 전문가와 상담한 다음 복용하는 것이 좋다. 독초는 아니라도 난용은 금물일 것이다.

여름에 아름다운 노란색 꽃을 피운다. 식물학자의 말에 의하면 이 다섯장의 꽃은 꽃이 아니고 꽃받침이라고 한다.

따라서 내부의 중심에서 바깥쪽으로 젖혀져 있는 것이 진짜 꽃이다.

관상용이라도 풍취가 있으므로 만일 가까이 두고 키울 수 있으면 그런 것을 알아 두는 것도 재미있다.

정혈작용(淨血作用)으로 알려진 약용 식물이므로 남녀 모두 복용하여 체내의 오혈(汚血)을 없애는 것도 한 방법이다.

몸이 찬 사람에게 절대 효과가 있는
하수오(은조롱)의 뿌리

병적으로 몸이 차고 언제나 위장이 약해 몸의 상태가 활발하지 못한 사람은 떡에 특제(特製)의 감미료를 묻혀 먹으면 낫는다.

하수오(何首烏)와 검은 참깨, 흑설탕을 소량의 술에 섞어 냄비에 넣고 페스트 상태가 될 때까지 저은 다음 불을 끈다. 이것을 구운 떡 등 부드러운 떡에 감아 먹는다. 손발 끝까지 따뜻해져 아침까지 숙면을 취할 수 있다.

원기를 되살린 뒤에도 가끔 먹으며 가벼운 운동을 하고 있으면 몸이 차지는 일이 없어지게 된다. 그것은 만병의 근원이다.

목욕통이나 난로 앞에서 손발이 차가워 어쩔 수가 없을 때가 있다. 하수오의 뿌리는 대륙에서도 불로강장(不老強壯)의 장수약으로써 아직까지도 그 위치는 흔들리지 않는다.

한편 우리 나라에서의 평가는 효과가 없다 라는 평가가 딱 둘로 나누어 지는 재미있는 생약이다. 너무 요구 수준을 높이면 생각할 일이지만, 대개는 강력(强力)에 도움이 된다.

고대 중국의 영제의 애호식으로 그때까지는 떡은 가난뱅이의 음식이라고 알려 있었으나 이후로는 너도 나도 먹기 시작했다.

흑설탕은 당시 미정당(未精糖)을 사용하고 있었던 것 같은데, 효과의 차이는 없다. 젊음을 되돌리는 비타민 E나 B1, B2를 듬뿍 포함한 참깨를 함께 넣으면 좋다.

콜레스테롤을 제거하고 탈모와 전립선비대, 위장병을 예방하는 참깨와 하수오의 합체는 놀랄 정도로 효과가 높다.

혈액의 순환을 좋게 하고 오래된 변비까지 치료하는 데 무엇보다도 좋다. 떡만으로도 몸이 따뜻해짐으로 특제 속을 감아 먹으면 효과가 만점이다. 소화가 잘 되어 야식에 적합하다. 장수식이라고 해도 좋다.

빈혈(貧血), 산후(産後)의 회복식(回復食)으로 석수어의 부대(浮袋)와 김

어표(魚鰾=석수어의 부대)와 김의 수프는 빈혈, 강정, 산후의 회복식으로 중하게 여겨진다. 구체제의 중국에서는 특권 계급만이 입에 넣을 수 있었으나 지금은 그렇지 않다.

마른 석수어의 부대와 김을 냄비에 넣고 모두 원형이 없어질 때 까지 끓여 먹는다. 소금과 간장으로 간을 한다.

원기가 날 뿐 아니라 요통, 치질의 고통이 멈추는 신기한 수프이다. 옛날부터 해초 약학이 발달했던 중국에서의 치료식인데 재료 그 자체는 우리 나라에 많이 있어 만들기에 편리하다.

부대를 물로 씻은 뒤 햇볕에 말린다. 김은 어느 가정에나 있다. 구워서 맛이나 향기를 즐기는 것이 우리들의 식습관이지만 가끔은 수프에 사용하는 것도 좋은 것이다.

양질의 감과 석수어의 부대를 선택하여 맛있는 수프를

만드는 것이 포인트이다.

인체 흡수율이 높고 빠르다. 배에 힘을 줄 수 없는 변비 기미가 있는 사람에게 좋다.

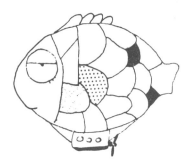

5장
건위(健胃)

바이탈리티는 위(胃)가
응원단장

건위(健胃), 정장(整腸)의 효소 식품 엑기스, 신국(神麴)

스태미너의 배양과 건위 정장의 효력에 의해 다른 사람보다 나은 원기로 출세 경쟁에서 이기려는 사람은 중국 전통의 생약 신국(神麴)을 신뢰한다. 그다지 사람들에게 알려져 있지 않다.

일종의 효소 식품의 엑기스로 수많은 한방계 중에서도 튀어나온 개성파라고 할 수 있을 것이다.

저쪽에서는 수천 년 동안 이것을 부유 계층의 불로회춘(不老回春)의 비약(秘藥)으로써 사용하고 있다.

살구씨나 팥 등 각종 약초를 발효시켜 말려 손으로 단단히 만든 것이다.

보기에도 사각 초코렛이나 고형 카레를 연상시킨다. 갈아 열탕을 부어 신국차로 마시는 사람도 있는데 수프나 여러 가지 요리에 맞는다,

예를 들면 찬 중국면에 걸치는 국소면의 국 등에 딱 맞

는데, 10그램 정도를 녹여 넣는다.

이상한 한방 냄새는 나지 않아 그 점도 바람직하다. 건강 조미료라는 생각으로 사용하는 중에 자신도 모르게 강장체질(强壯體質)이 된다.

본래는 일반의 손에 들어 갈 수 없는 진귀한 약으로, 있어도 비싸 주춤거릴 희소 식품이었으나, 다행히 지명도는 제로에 가까워 그 덕으로 싸다.

거부감이 없는 맛, 부작용이 없는 효력이므로 가족 모두 식사에 응용할 수 있다.

방광의 안쪽 벽을 약간 허물고 이뇨 작용을 가져오기도 하지만 그것이 동시에 성선 자극으로 연결되어 미약적(媚藥的) 효과가 되는 점도 재미있다.

차게 먹는 응용의 예를 보았는데 차로 마시는 사람도 있고 뜨거운 요리에도 같은 요령으로 사용할 수 있다.

위장 기능을 높이는 신선한 연근(蓮根)의 원통형 자름

　고온 다습한 여름에 청량감을 주는 냉과 중 연근(蓮根) 원통형으로 자른 것의 생식(生食)은 가장 단순 소박하고 몸의 상태를 정비하는 데 도움이 된다.

　중국의 북경이나 우리 나라에도 그런 식습이 전해진다. 얼음물이 가득 든 것에 부드러운 연근을 선택하여 적당하게 조각내어 띄운다. 이것을 집어 내어 북경식으로 설탕을 묻혀 먹는다.

　옛날 시인은 '가인빙골(佳人氷骨)'이라 하였는데 미인의 고운 살결과 날씬한 체형을 연상시켰던 것 같다.

　우리식은 콩가루를 묻힌다. 입 안이 상쾌해 지고 달아 올랐던 몸이 식는 것을 느낄 수 있다. 더위로 위장 기능이 저하된 사람에게는 특히 좋다.

　위궤양까지 치료한다고 일컬어지는 연근의 약효에 의해 몸의 상태가 좋아진다. 각종 아미노산이 풍부하여 술을 마신 뒤에도 꼭 맞는다. 가능한 여리고 신선한 연근을 사용하여 껍질을 벗겼으면 공기에 산화되지 않도록 곧 얼음물에 넣는다. 그것이 유일한 요령이다.

희고 부드러운 연근은 보고 있기 만해도 시원하다. 콩가루도 좋지만 백설탕을 듬뿍 발라 먹으면 기운이 난다. 백설탕은 독인 것 처럼 일컬어지지만 가끔은 먹어도 좋다. 아삭아삭한 느낌이 무엇이라 표현할 수 없을 만큼 좋다.

북경 출신자는 더워지면 이것을 반드시 생각해 낸다고 하니, 아주 옛날부터의 식습인 것 같다. 새우나 게, 물고기를 먹은 뒤에 몇 개 먹으면 이상한 장내 발효가 일어나지 않는다고 한다.

어린이가 찬 주스를 마구 마시고 싶어할 계절에는 잠자코 이것을 내놓는 것이 부모의 배려인 것이다.

하반신(下半身)을 단련, 정장(整腸)에도 효과가 있는 정보단련(定步鍛鍊)

중국의 무술 체조가 세계적으로 보급도가 높은 이유로 ① 연령이나 체력에 따라 무리없이 할 수 있다. ② 체육 요법과의 일치-등을 들 수 있다.

예를 들면 북방권의 정보단련(定步鍛鍊)은 하반신을 단련하여 노화방지를 기하는 것인데 구체적으로는 정장(整腸), 건뇌(建腦), 시력의 유지, 전립선의 비대화 방지, 심장 기능의 강화, 스태미너의 향상 등으로 직결하고 있다.

서는 방법은 발의 엄지 발가락을 모으고 평행으로 서고 어깨 폭보다 다소 넓게 개각(開脚), 가볍게 허리를 낮춘다. 두손은 주먹을 쥐고 요골 상부의 옆구리에 둔다,

이렇게 하고 좌우 상호로 수월(水月)의 높이를 찌른다. 즉 기승위에서의 공격이다. 이 기본입위는 마식(馬式)이나 마보(馬步)라고 하는 것 같다.

정보단련에서는 강하게 가슴을 펴지 않는다. 등줄기를

펼 필요는 있으나 가슴의 근육에 구태여 부담을 주어서는 안된다고 한다. 찌르기는 하반신이 흔들릴 정도로 찔러서는 안되고 슬로우 템포로 허리를 편다. 요통이나 노인성에게 통증은 게으름을 피우면 일어나고 그렇지 않으면 발생하지 않고 끝난다. 그러므로 매일 하는 것이다. 라고 말하고 있었다.

소위 제자리에서 찌르는 것으로 이동은 없다. 호흡법은 찌르면서 숨을 내뱉고 배와 항문을 안으로 조여 빨아 올린다.

산사나무와 두중(杜仲)으로 건위(健胃), 남성(男性) 기능도 회복

스태미너를 향상시키면서 고혈압을 무리없이 안정시키는 북경식 차 요법은 산사나무 20그램과 두중(杜仲) 10그램을 하루 양으로 하는 믹스차이다. 제품화되면 엄청난 이름이 붙어 고가가 된다. 백발 3천장식의 명명은 재미있으나 부당하게 비싼 것은 곤란하다

그러므로 한방 약국에서 두 가지 소재를 구하여 집에서 적당히 먹으면 좋을 것이다. 이것을 먹고 가벼운 체조를 하면 뇌졸증은 방지할 수 있다.

산사나무는 정장 작용으로 알려져 있는 명약인데 근래 중국에서 혈압 하강 작용에도 주목을 받는다. 건위 강장, 정혈의 성분도 있으므로 성인병 예방에 알맞는다. 그리고 두중이 남성 기능을 좋아지게 한다. 증정자(增精子)를 촉진하는 재미있는 식물이다. 호르몬 분비와의 관계로, 말하는 정도의 차이는 있으나 어깨, 허리, 무릎, 관절의 통증이

사라진다. 물론 혈압 하강 작용은 산사나무보다도 옛날부터 알려져 있다.

　두 가지 식물의 상승 효과로 무턱대고 화를 내게 되는 등의 노화 증상은 일주일간도 지나지 않아 없어진다. 물건 잊음, 곡해, 욕심, 허풍 등 정신의 퇴행 감소가 없어져 건강하게 정년의 연장에 쾌이 기여할 것이다.

　산사나무 열매 두중은 나무의 껍질이 주약(主藥)이 된다. 스라이스와 칩스를 매입, 그뒤는 잘 끓여 차 대신으로 마시는 것 뿐이다.

　커피 홍차, 다른 건강차와 마셔도 상관없다. 그 점도 화학약품과 다르다. 두가지의 식물은 중국 본토산, 대만산, 국산이 있는데 구태여 우열을 가리려 해도 보기에는 거의 같다.

대황주(大黃酒)는 원조시대(元朝時代)부터 위장(胃腸)의 명약(名藥)

더운 물과 섞어 마시는 대황주(大黃酒)는 위장병 전반과 화농체질 개선에 도움이 되는 확실한 가정약이다. 하루에 20그램 정도를 더운 물과 섞어 마신다. 즉 스트레이트는 피한다.

변비나 위장질환 예방과 치료, 붓는 것 때문에 걱정하는 사람에게 효과를 나타낸다. 옛날 원조 무렵 서씨라는 도교의 신도가 이것으로 생명을 구했다. 등에 악성 부종이 생겨 몸이 무거워진 때 신의 계시를 받았다는 것이다. 즉 '황금과 백옥지를 복용하라' 라는 신의 가르침이 있었다. 마을 사람이 총 출동하여 해독에 임한 결과 황금이란 대황이고 백옥지가 백지라는 것을 밝혀냈다.

시간도 많지 않았으므로 두 가지를 조려 먹었더니 과연 나았다. 이렇게 하여 대황은 중국 전토에 명성이 높아져 현재에 이르고 있다.

서씨는 변비가 잘 되는 체질로 독소가 등에 퍼졌다. 그래서 대황은 위장의 명약으로써도 유명해 지게 된 것이다.

또 근세에는 제정 러시아가 청과 캐프티 조약을 맺을 때 대황의 전매권을 취득하고 1727년에 첫 화물선이 유럽을 향해 떠났다. 주산지는 대륙의 산악 지대에서부터 티베트에 걸쳐저 있는데 우리 나라에도 조금은 있다.

말린 뿌리를 200그램 35도의 소주 1.8리터에 담근다. 단 맛을 좋아한다면 동량의 어름 사탕을 가하고 본격 소주당은 그대로 한다.

더운물과 섞어 먹는데 약효와 술기로 배가 따뜻해 진다. 갑자기 배가 부글부글 우는 소리가 나는데 걱정할 것은 없다.

변비의 일반약은 난용하는 것보다 훨씬 좋다는 것을 시험해 보면 알 수 있다.

복통(腹痛) 이 외에도 응용범위가 넓은
가정상비약(家庭常備藥) 황련(黃連)

황련(黃連)은 일반적으로 배약(腹藥)으로 알려져 있고 건위 정장, 복통, 설사 등에 효과가 있다. 그런 점에서 우리 나라가 자랑하는 정로환과 비슷하다. 다만 용도는 지금 널리 정신 안정, 구내염, 눈약, 담석, 중풍, 고혈압에 이용하는 특효가 있다.

용법도 간단하므로 새로운 타입의 가정약이다. 빨간 것과 진이 있는 것, 2그램을 합하여 물로 조리고, 자연적으로 식으면 세안 구강염은 같은 액으로 행군다. 다소 마셔도 위에 약이 됨으로 상관없다. 나머지 내과 처방은 분말 1그램을 하루에 2회 먹어도 좋으나 물론 마시는 것이 편리해서 좋다.

강렬하게 쓰다. 덩굴여지 요리를 먹어도 맛있다. 쓴것이 싫은 사람은 오브라이트로 내리면 아무런 저항은 없다.

중국 동북부에는 '황련각가가' 라는 말이 남아 있다. 황련을 먹고 너무나 써서 울듯하게 된 어린이 표정에서 '불민한 어린이'라는 뜻으로 사용한다. 예를 들면 잔류 고아에게 쓴다. 중풍예방에는 단품으로 좋지만 급한 고혈압 증상에는 황련해독탕이나 삼황사심탕으로 한다. 삼황이란 황련, 황(黃), 대황 각 2그램을 하루 양으로 조린 약탕인데 고혈압으로 더운기가 솟고, 변비에 불쾌 증상이 있는 사람에게 적합하다. 현재 중풍도 대개는 치료한다.

그러나 일반 시민에게는 치료될 때까지 여러 가지 문제가 있다. 운도 좌우하지만 아무 일 없이도 발작을 일으키면 먹는 것을 중지한다.

황련은 뿌리를 말린 것을 이용하는 데 뿌리의 육질은 노란색이다. 다행히 국산품이 품질이 좋다. 가정의 구급 상자에 넣어 두면 가족 전원이 안심할 수 있다.

위, 간장 불안을 완화하는 만능
민간약(民間藥) 웅담(熊膽)

위장, 간장, 장즙의 분비 촉진에 웅담이 효과가 있다는 것은 주지의 사실인데 가짜가 많아 문제가 되었다. 히말리아 곰이나 티베트 곰의 웅담이 요리로 유명하고 곰 발바닥도 함께 들어와 있다. 이것은 진짜로 잘 듣는다.

위, 간장의 트러블에 대처하는 만능의 민간약이라고 생각해도 좋을 것이다. 심장 강화, 황달, 류마티스 신경통 등에 특효가 있고 어린이의 복통 정도는 아주 적은 양으로도 충분하다. 이전에는 뇌막염도 이것으로 치료했다. 티베트 라마의 고승은 항시 몸에 지니고 있다.

말린 검은 덩어리를 한번만 핥으면 체내의 모든 독이 사라지고 강장강건(強壯強建)하게 매일을 보낼 수가 있는 것이다.

스트레스로 위가 아프거나 위암이다 라고 생각되어 통증이 심해지기만 할 뿐이면 웅담을 복용한다. 그러면 그런 불쾌 증상은 곧 사라진다. 암 노이로제라고 바꾸어 생각하면 웅담 따위는 싼 것이다.

중국에서 곰은 여러 가지 약제를 잔뜩 먹어 전신이 약용웅이라고 할 수 있는 존재이다.

담은 보물과 같다. 곰 발바닥과 달리 요리에 수고가 들지 않는다. 1개 있으면 최량의 가정 구급약이 된다. 웅담을 소량의 물에 녹여 치질에 바르면 3회로 고칠 수 있다. 부자의 딸을 납치한 악명 높은 마적이 교환 조건으로 웅담을 요구했다는 이야기가 남아 있다.

정신 활동이 불활발하고 몸이 나른하고 전투 의욕이 결여되어 있을 때에는 즉효적인 회복제가 된다.

아무리 해도 낫지 않는 류마티스나 신경통이 싹 나았다는 예를 자주 볼 수 있다. 고대부터의 동물약인데 다시 보아도 좋다. 기효(奇効)를 바랄수 있다.

위궤양, 간염(肝炎)의 특효약
영천주(穎川酒)

위장에 질환이 있고 또 알콜과 인연을 끊을 수 없는 사람은 영천주(穎川酒)가 좋다.

의역하면 '듣는 귀를 갖지 않는 술'이 된다. 처방이 간단 명료하여 한방 약국에서 자호가지탕(紫胡桂枝湯)과 평위산(平胃散)을 구하여 상복하는 술에 넣는다.

맛이 깊다. 단순한 약용주가 아니고 이미 천년 가까운 역사를 가지고 있다.

상해시에서 한 노인이 애용하고 있었는데, 그는 신경을 너무 써서 위에 구멍이 뚫려 버렸다. 신중국이 되어 우선적으로 수술을 권유 받았으나 딱 거절하고 영천주를 마셨다.

스트레스성 위염에서부터 위궤양으로 전진한 예이다. 노주(老酒)로 만들고 있었다.

따라서 베이스는 어떤 술이라고 좋은 것이다. 자호가지

탕은 계수나무, 감초, 작약 뿌리, 생강, 대추, 중국 인삼, 황금꽃, 까마귀국자 등 모두 양용 식물의 생약으로 구성된다.

위궤양, 간염, 십이지장궤양, 신경증, 담낭염, 현기증의 특효약이다.

평위산은 시판되고 있는 위장약 모두가 참고하고 있을 정도의 명약이다. 연회를 끊을 수 없는 숙명이면 영천주의 퓨터를 주머니에 넣어 둔다. 일반 술을 마시는 중에 이것을 마시면 안전 쾌적한 주석을 즐길 수 있다. 좋아하는 술을 끊어 스트레스가 쌓여 위염이 악화되는 예는 많다.

또 영천은 요제로부터 천자의 자리를 양도하라는 말을 들은 허유라는 사람이 귀를 씻었다는 강의 이름으로 영천주는 철학적인 술이다. 예방으로 마시는 것이 이상적이다.

구강염에도, 용아초(龍牙草) 조린 액으로 위장약을 쓸 필요 없다.

용아초(龍牙草)는 우리 나라의 장미과 금이삭여귀에 해당하며, 이전에는 대륙에 유행했던 아메바적리(赤痢)를 치료했다.

현재는 구강염 등 그다지 심각하지 않는 병에 가볍게 사용된다. 뿌리부터 뽑은 전초(全草)를 물로 잘 씻은 뒤에 말려 잘게 잘라 물을 부어 헹군다. 입술 안쪽이 붓고 잇몸이 출혈되어 모처럼의 맛있는 음식도 맛볼 수 없는 구강의 치료에 좋은 효과가 있다. 감기 뒤에도 연회를 계속할 때도 이런 증상이 잘 일어난다.

생명에 지장은 없으나 괴로운 것이다. 한방 약국에서 구하여 조기에 치료하여야 한다. 혀를 물어 통증이 오래 계속되는 경우에도 딱 맞는다.

또 배약(復藥)으로써도 민간 사이에서 오랫동안 친근하게 지내 왔다. 아메바적리(이질의 한가지)의 특효약이다.

우선 만성화된 설사 상태를 막는다. 변비나 설사도 몸의 버릇과 같은 면이 있으므로 방치해 두면 좋지 않다.

10그램을 조려 먹으면 우선 싹 낫는다. 위궤양, 신경성 위염에도 좋다.

특히 스트레스로 일어난 신경성 위염에는 금방 도움이 된다. 그것은 보통 괜찮다고 넘겨 버리는 사람에게 일어나기 쉽다. 손바닥을 명치에 대면 경련이 일어난다.

이렇게 되면 매화나무 열매 말린 것, 매화주, 무즙 모두가 통용되지 않는다. 오히려 역효과가 난다. 병에 익숙치 않아 당황한다. 그때 용아초 10그램 조린 액을 쓴다. 신경성 위염의 다른 이름은 연회병(宴會病)으로 술과 바쁜 일에서 헤어 날 수 없다. 또 소음 공해에 시달리고 술독이 올랐을 때 일어난다.

유명한 위장약도 소용이 없다. 그런 때에 용아초는 고마운 존재이다.

과음 과식이라고 생각하면
즉시 아술

　연말 연시가 되면 술에 빠지고 맛있는 음식에 빠져 위나 간장이 균형을 잃는다. 통칭 아술을 알아두면 그런 경우에 도움이 된다. 상세한 것은 생략하겠는데 이것은 우리 나라에서도 입수하기 쉬워졌으므로 요점만 소개해 두고 싶다.

　즉 일단 잊혀진 위장병의 비약이다. 중국의 민간 처방은 아술에 감초, 치자나무의 열매를 섞어 조린 액을 먹는다.

　각각 3그램을 물이 3분의 1이 될 때까지 조려 하루에 2번으로 나누어 복용하면 끊임없이 토할 듯한 느낌이 드는 몸에 제동이 걸린다. 손을 대면 알 수 있을 정도의 간장 부품이 가벼워 진다. 해독작용을 강하게 돕는다.

　약간 흥분이 전해져 전신이 짜릿하게 조여진다.

　벵갈 감자의 통칭으로 알려져 있는 인도 원산의 생강과 식물이다.

　토란과 비슷한 뿌리를 말려 사용한다. 인도에서는 위,

간장의 치료 뿐 아니고 옛날부터 미약(媚藥)으로 이용되었다.

산도회복(産道回復)의 긴축제로는 '달하트', 미향의 나머지 약은 '카쵸라' 라는 다른 이름을 가지고 있다.

이들은 모두가 복합제로 위간장을 위해서는 아술(兒術)의 단독 사용의 예가 많다. 따라서 중국 처방에 따르면 치자나무의 쓴맛 때문에 도저히 먹을 수 없을 때는 단품을 사용해도 좋다고 한다.

좋은 향기가 난다. 체내에 쌓인 가스를 배출하는 데 도움이 되는 것도 아술의 특징이다.

위장의 조정(調整), 변비체질(便秕體質)에 효과 발군의 백자인(柏子仁)

포텐스의 강력한 회복 및 위장의 조정에 백자인(柏子仁)은 가볍게 사용할 수 있는 중국약이다.

잎이나 열매가 노송나무와 비슷하지만, 보통 노송나무와 달리 잎에 끝과 속의 차이가 없고 씹으면 떫거나 쓴맛이 적다는 점도 식별의 기준이 된다.

열매를 말린 씨앗이 회춘강장(回春强壯)의 주역으로 하루에 15그램 정도를 후라이팬으로 구워 먹는다.

구체적으로는 눌지 않을 정도로 구워 빻은 참깨를 술과 함께 먹는다. 더욱 편리하고 맛있게 먹는 방법은 참깨와 함께 구워 식염을 가하여 식탁에 두고 적당히 뿌려 먹는 것이 최고이다.

이렇게 하면 일일이 분량을 나누는 번거로움을 피할 수 있고, 어느 사이엔가 자연스럽게 힘이 되돌아 온다. 극약이 아니므로 하루에 기본량을 대폭으로 이탈해도 상관없다. 백발이나 대머리의 진전에도 제동이 걸린다고 한다.

다만 뿌리는 것은 한번에 잔뜩 만들어 두지 않는 것이 좋다. 참깨와 마찬가지로 산화되기 쉬운 과민한 정유분(精油分)이 많다.

참깨가 건강에 좋다고 해도 언제나 맛이 변한 것을 상식(常食)하면, 체조(體調)가 떨어지는 것과 같은 이치로 생각할 수 있다.

그것만 주의하면 정력 감퇴, 변비 증상, 허약 체질의 개선에 도움이 되는 가정약이라고 할 수 있다.

또 입수 때에는 잎의 생약도 있으므로 분명히 씨앗 '백자인' 이라고 말하는 편이 알기 쉽다. 잎은 효능이 다르다.

기회를 보아 가정용으로 심어 두면 자신이 수확할 수 있다. 푸른 잎의 귀여운 열매가 맺힌다.

6장
심장(心臟)·순환기계

생애(生涯)에서 뗄 수
없는 것

약초 메나모미는 뇌일혈(腦溢血),
중풍(中風)의 예방약

백수의 왕 호랑이와 관련된 약초는 많다. 우리 나라에서도 흔한 식물을 포함하여 중국에서만 해도 60 종류는 된다.

그 중에서는 호랑이 엉겅퀴와 동과(同科)인 '메나모미'를 한방에서 호고(虎膏)라고 한다. 광대한 대륙에는 지금도 야생 호랑이가 어슬렁거리고 있다. 거리에서 호랑이를 사로잡는 명인 야광위노인 등이 있는데 아무리 베테랑이라고 해도 가끔 호랑이에게 물리거나 할큄을 당하는 일도 있다.

그런 때는 메나모미를 상처에 문지른다. 이것으로는 화농의 염려는 사라지고 상처가 아문다. 우리 나라에는 호랑이는 없지만 하이킹 시의 상처 치료에 알아 두면 도움이 된다.

메나모미의 주효(主效)는 뇌빈혈, 중풍의 예방과 회복에 있다. 뿌리를 제거하고 전초(全草)를 말려 분말로 만들어 15그램을 물에 넣어 물의 양이 반이 된 액을 하루에 3회로 나누어 먹는다.

류마티스나 손발의 마비 증상에 도움이 된다. 또 꿀주에 날것 그대로 전초를 잘라 넣으면 보존용으로 좋다.

홍콩 등에서는 중풍 발작으로 쓰러지면 컵에 오리의 생피를 반 짜내고 반량의 메나모미주를 부어 섞어서 마시게 한다. 큰 사고를 막을 수 있다고 한다. 후유증이 남지 않는다.

그런 약효가 있으므로 중풍의 가능자는 발작을 일으키기 전에 예방적으로 마시는 것이 이상적이라고 할 수 있다. 이 경우는 집오리를 뺀다.

아침과 자기 전에 싱글 글라스 한잔을 마시면 안심할 수 있다.

메나모미가 든 벌꿀 와인이므로 마시기 쉽다.

이것으로 건강하게 지낼 수있다.

물고기의 투구 끓인 것에 혼깐죠를 가하여 증혈(增血), 증정(增精)

철분을 보급하고 혈액중의 적혈구를 늘리는 자연식에 백합과의 혼깐죠가 절대적인 작용을 한다. 꽃을 말린 것이 금침채(金針菜)로써 팔리고 있다. 물론 요리용으로 사용하기도 한다.

물고기의 투구 끓임 레버구이, 시금치의 레버구이 등 가정식에 맞는 면이 좋다. 시금치의 20배 이상의 철분과 고농도의 칼슘이 빈혈을 치료하고 정신안정, 초강정(超强精)으로 이끄는 것이다. 특별한 요리는 필요로 하지 않지만 중국의 상해에서 별미로 하고 있는 물고기 투구 끓임에도 혼깐죠가 듬뿍 들어간다.

잉어 아가미 달린 머리(약 1키로그램의 거대한 것)에 돼지의 뱃살, 대추, 인삼, 표고버섯, 파, 생강, 매화나무 열매, 호두, 금귤, 용안육, 혼깐죠를 얹어 찐다. 잉어의 투구에 이들 재료와 노주(老酒)의 맛이 배어 맛있다. 발기하면 곤란할 것이다. 우리 나라에도 투구 끓임은 유행하고 있으므로, 잉어 뿐만 아니고 다른 것으로 시험해도 좋다.

또 이렇게 여러 가지 재료를 모으는데 머리를 썩힐 필요는 없다. 그러나 혼깐죠만은 잊지 않도록 한다.

저쪽에서는 투구의 젤라틴질과 혼깐죠의 조합(組合)에 의한 증혈 작용 및 세포의 재생화가 암을 예방한다고 믿고 있다. 우선 스태미너가 충만해 지는 것만은 확실하다. 개운치 않은 증혈제(增血劑)에 의지하는 것보다 이편이 낫다.

심장의 기능을 회복시키는 호랑이의 동작

섰을 때의 현기증, 안면 창백, 빈혈이 심한 경우는 실신에 이른다. 삼반규관(三半規管)이 유연하게 작동하지 않는 탓도 있지만, 심장 기능의 저하와 밀접하게 관계된다. 저혈압도 포함된다.

작은 동작으로 최대한의 회복 효과를 구하는 데는 한말(韓末)의 명의 화사의 창안에 의한 오금(五禽)의 희(戱) 중 호랑이의 동작이 유효하다. 즉 호희(虎戱)이다.

기는 자세가 되어 전진과 후퇴, 마찬가지로 좌우의 이동을 반복한다. 스피드보다는 부드러움이 바람직하다. 그리고 언제라도 적에 대한 공방(攻防) 탄력을 사지(四肢)에 감추는 생각으로 실시한다. 익숙해 질 때까지는 두 다리로도 좋다. 전진은 통상 동작 중에 하는 것이므로 간단하다.

후퇴와 좌우의 이동이 서툴다. 중심의 변화 등 어려운 것은 요구하지 않더라도 익숙해 짐에 따라 등이나 허리의 근육이 풀린다.

배근(背筋)이 딱딱하면 심장 기능의 회복은 바랄 수 없다. 호희에 의해 자연스럽게 부드럽게 한다. 그리고 뒤로 걷기는 전진의 10배의 운동량이라고 일컬어지는 만큼 혈류가 정상화 된다. 좌우의 이동도 이것에 준한다.

균형 감각도 돌아온다. 날씨가 나쁜 날에도 실내에서 할 수 있다는 이점이 있다. 이동 방향에 시선을 두고 다음 동작으로 들어가는 것이 요령이다. 현기증이나 그와 비슷한 메니엘 증후진의 특효 요법으로 완골(完骨), 풍지(風池), 천주(天柱)가 자극을 받아 증상이 빨리 회복된다.

뒤로 걷기를 하지 않는 것은 동물계에서는 인간 뿐이라 많은 병에 걸린다. 매일 조금이라도 호랑이(고양이)의 움직임을 흉내 내어 보자

패원익헌(貝原益軒)도 사용한 중풍의 특효약 우방(牛蒡)의 씨앗

부엌에 구르고 있는 한방약에 우방(牛蒡)이 있다. 지금까지는 우리 나라는 뿌리, 중국은 씨앗, 유럽에서는 잎을 사용해 왔다.

여기에서 위대한 호식 민족인 중국에서 씨앗만 사용하고 잎이나 뿌리는 버리는 것에 의문이 생기지만, 역시 민간에서는 우방 모두가 약용품으로 다루어진다. 예를 들면 악성 부종에 씨앗을 얹거나 우방의 뿌리를 갈아 한 잔의 생즙을 동량의 국회꽃을 짠 즙과 먹는다.

하루에 3번 복용으로 심한 부종이 가라앉는다. 변비도 치료한다. 잎의 생즙도 같은 처방으로 효과가 있다.

이렇게 되면 씨앗을 구하는 노력이 생략되고 부엌의 야채 바구니를 들여다 보면 일이 끝남으로 편리하다.

해독, 이뇨 작용이 강하다. 따라서 평소 우엉 요리나 유럽풍 여린 잎 샐러드를 먹어 두는 것이 좋은 것이다.

중국에서 '오실'이나 '대력자'라고 부르는 우방의 씨앗은 매일 10알 정도 볶아 먹으면 신비한 강정약이 된다. 사람에 따라서는 이것보다 나은 미약은 없다고 한다.

그리고 상식자(常食者)에게 중풍이 없다는 신앙이 뿌리 깊다. 패원익헌도 우방을 주재로 한 중국 치료를 공개하고 있으므로 무엇인가 기효(奇效)가 있는 약용 식물임에 틀림없다.

중국과 지리적, 문화적으로 관계가 깊은 충승에서 배의 응급처치로 씨앗의 액을 먹게 했다.

그곳에서 이름은 '군보'로, 편도선염으로 목구멍이 막히면 감초와 끓여 짙은 액을 마신다.

한방 처방을 연상시킨다. 부종은 내복(內服)과 동시에 씨앗의 즙을 바르면 치료가 빠르다.

혈압과 뇌신경을 안정시키는 약초가 든 메추리 수프

혈압과 뇌신경을 안정시키면서 스태미너를 향상시키는 의료식에 황기자고가 있다. 콩과 약초가 든 메추리 수프이다. 구만주에서는 결혼식 아침에 신부와 신랑에게 먹이는 가정이 많았다.

몸이 따뜻해 지고 마음이 안정된다. 뇨의(尿意)를 억제하는 효과도 있어서 초야 노이로제에서 두 사람을 구한다. 초야 노아로제에는 다발(多發) 현상이 있으므로 알아 두는 것이 도움이 된다.

그리고 적증(適症) 범위도 넓다. 예를 들면 고혈압의 초조로 파워의 저하를 가져오고, 성생활이 없는 중고년(中高年) 연령층에 적합하다. 즉각적인 효력이 나타난다.

황기(黃耆) 30그램, 메추리 다섯마리, 소흥주가 있으면 만들 수 있다. 손질이 끝난 메추리는 하룻밤 술에 담그고 황기(黃耆)를 더운 물에 넣어 약 3시간 삶는다.

황기(黃耆)를 버리고 소금, 후추로 맛을 정리하여 마무리 한다. 메추리는 수프와 함께 먹는다.

의료 목적을 가진 최고의 호르몬식이라고 할 수 있다. 약간 신맛이 식욕을 내게 하고 스태미너 향상에 공헌한다.

가을이 깊어질수록 메추리는 맛있어진다. 구만주에서는 지방이 낀 오리와 같이 살찐 메추리가 무리를 이루어 저공(低空)을 날아 다닌다. 그래서 메추리 요리가 발달했던 것이다. 황금색의 지방이 낀 수프는 좋지 않다. 백화점의 식육부에서 살 수 있다.

수프에서 꺼낸 메추리 고기는 작은 접시에 참깨장을 부어 찍어 먹는 것이 격식을 갖춘 시식(試食) 요령이다.

혈액(血液)을 젊게 유지하여 뇌일혈을 방지하는 삼황사심탕(三黃瀉心湯)

　겨울 한동기에는 뇌졸중(腦卒中)이 많이 발생한다. 여러 가지 원인이 작용하여 발작을 일으키는 것이지만 고혈압이 중심이 된다는 것은 의심의 여지가 없다. 현대 중국에서 예방과 치료에 삼황사심탕이 톱의 자리를 점유하고 있다. 일단 발생하면 사회 복귀까지 보통 노력이 필요한 것이 아니므로 고혈압인 사람이 한결같이 예방에 이용하고 있다. 황령(黃苓), 대황(大黃), 황련(黃蓮)의 세가지 종류 배합약이다. 각 1그램 조린 액을 하루에 1회량으로 먹는다.

　황색은 중국에 있어서는 특별한 의미가 있고 가장 운이 좋은 색깔이라고 여겨진다. 전청(前淸) 시대에는 황실의 지정색으로 일반 시민은 사용을 금지 당했다. 즉 존귀한 색이다.

　그런 이미지도 도움이 되어 삼황사심탕은 장수강장(長

壽强壯)의 명약이 되었다. 뇌 내출혈, 뇌연화 증상, 뇌를 싸는 막 아래의 출혈의 위험한 3대 재난을 억지한다.

혈액을 젊게 유지하고 혈관을 보강하고 체내의 더러움을 유연하게 배출시키므로서 뇌졸중 뿐 아니라 성인병을 막을 수 있다. 흥분, 정신 불안, 변비, 현기증의 제 증상이 사라지고 식욕이 난다. 아침까지 푹 잘 수 있다.

그래서 장수하게 된다. 노인 뿐 아니라 신경과 육체를 가장 혹사시키지 않을 수 없는 젊은이에게도 맞는다. 갑작스러운 병을 예방한다. 복잡하여 과다한 경쟁에 휩싸이는 현대에서는 고혈압도 그다지 연령과 관계가 없게 되었다. 초등학생의 고혈압은 묘한 느낌을 준다, 젊을수록 이 약을 권하고 싶다.

젊을 때부터 혈압 하강제를 먹어서는 곤란하다. 양호한 정신 안정제라고 생각하고 삼황의 신세를 진다. 모두가 이름이 알려진 식물이므로 신용할 수 있다.

백혈구(白血球)의 감소(減少)를 막는 묘약(妙藥) 다마쯔즈라후지

산오귀(山烏龜)는 오오쯔즈라후지의 동류(同類)로 다마쯔라후지이다.

전자는 어느 편인가 하면 하반신의 통증을 치료한다. 예를 들면 요통, 관절류마티스의 신약(新藥) '염산 시노메닌'의 주사액이 유출된다. 이에 반해 이쪽 산오귀에서는 방사능이나 항암제에 의한 백혈구의 감소를 치료하는 역시 주사액인 '세파란틴'이 만들어진다.

중국의 민간 사이에서 폐결핵이 불치의 병이라고 여겨지던 때부터 뿌리를 조려 약으로 사용하고 원인 불명의 고열도 이것으로 고쳤다. 산오귀의 별명인 금천조오귀라는 이름으로 홍콩의 한방약국에서 취급되는데 백혈구의 대책이 되면 일은 심각하다.

이 경우는 동양 의학에 관한 연구 실적을 가지고 있는 대학병원에 상담하는 것이 타당할 것이다. 다만 혈액병의 제독자도 가끔은 있어 만사 좋다는 편지가 온다. 전혀 실효가 없는 것은 아니라고 말해 두고 싶다.

쯔즈라후지 식품은 다른 것도 여러 가지 있어 각각 의료에 공헌하고 있다. 다른 것은 번잡함으로 생략하겠지만 앞으로도 약효 범위는 넓어질 전망이다. 그다지 빠른 진보라고는 할 수 없지만 방사능과 암에 관련되어 우선 산오귀가 각광을 받는 것이다.

작고 둥근 과실이 만추에 익어 새빨갛게 된다. 약용 부분인 뿌리도 가을부터 겨울에 걸쳐 파낸다

우리 나라에서도 폐결핵에 이용되었던 역사가 있는 것 같다. 현재는 백혈병 정복의 분야에 시선이 집중되어 있다. 대만에서는 한때 대머리 특효약이라고 하여 전세계로 팔려 나갈 기미를 보였으나 지금은 그 소문을 들을 수 없게 되었다.

타이완 코브라 우산뱀에게 물리면 즙을 발라 구급약으로 썼다. 그런 기효(奇效)가 탈선하여 대머리 약이라고 일컬어졌던 것 같다.

갈고리 덩굴풀이 든 해파리 수프로
혈압하강(血壓下降)

    고혈압에는 항상 정신 불안이 따른다. 그 초조함이 혈압을 높이는 나쁜 원인관계에 있는 것이다.

    두가지를 겹쳐, 양쪽 모두 낮게 하려는 일석이조를 노리는 것이 조등구(釣藤鉤)로 상당한 중증(重症)의 위험 탈출에 이용된다.

    이 고혈압증은 감정의 진폭이 격렬하고 가족이 아직 조용히 자고 있는 새벽부터 두통을 호소한다.

    현기증, 어깨 결림, 망각은 일상적으로 붙어 다니고 사람들과의 교제를 꺼린다. 혈압계 따위가 아직 없던 시대에 이런 상황이 되면 주위에서 조등구(釣藤鉤)를 권했다.

    최근에 와서 과학적 분석 결과, 진정 작용 뿐만이 아니고 혈압 하강의 약용이 인정된 것을 보면 고인의 선견지명은 역시 두려울 정도이다. 약초인 꼭두서니와 갈고리 덩굴풀의 본질화(本質化)된 가시를 말려서 사용한다.

얼핏 보면 배의 닻을 연상시킨다. 최근에는 줄기에도 가시와 비슷한 성분이 있다고 하여 함께 조제한다. 약용식에서는 해파리 수프에 넣고 있다. 맛을 포식하는 동안에 고혈압이 예방되는 것이다.

해파리는 우리 나라 민간에서 뇌졸중의 예방식이라고 믿는 지방도 있으므로 이들 정장작용과 함께 조등구가 든 수프는 건강에 좋을 것이다.

경계 수위에 이른 고혈압증에는 이름이 널리 알려진 배합약 '조등산(釣藤散)'이 있다. 동맥경화의 여러 증상을 고치는 것이 주효인데 메누엘 증후군이나 갱년기 장해에도 응용된다.

그러나 발작을 일으켜 버린 뒤에는 효과가 없다.

또 조등구가 습관성은 없다고 해도 특이한 알카로이드 성분을 포함하고 있음으로 약제사와 상담하여 사용하는 편이 좋다.

심장이 강하게 다시 태어나는 자가제(自家製) 송엽정(松葉精)

심장이 약한 사람, 심장 속도가 빠른 느낌이 있는 사람에게 안정을 주는 송엽정 만드는 방법은 다음과 같다.

① 종류는 무엇이든 좋으므로 송엽을 따서 잘 씻어 자른다. ② 술과 동량을 냄비에 넣고 약한 불로 끓인다. ③ 반 정도 익었으면 동량의 흑설탕을 넣고 또 끓인다.

이렇게 하여 크림 상태가 되면 끝난 것이다. 하루에 큰 수저 하나 정도로 먹는다. 언제라도 좋다. 먹기 시작한 그날부터 찌는 더위를 이길 수 있게 된다. 제조상의 주의는 특별히 없다. 다만 소나무 잎을 조금씩 넣어서는 무의미하니 듬뿍 사용한다. 그리고 잎은 버리지 말고 전부 자르는 것이 요령이다.

심장이 강해져 강장체질(强壯體質)로 다시 태어난다. 만일 허약한 어린이에게 주려면 소나무의 열매도 넣는다. 이렇게 하는 편이 입에 닿는 느낌이 좋다.

잎과 함께 자른다. 소나무는 선약이라고 일컬어지고 옛날부터 인간의 건강을 지켜왔다. 잎과 열매를 사용하는 것이 일반적이다. 생잎을 씹어 먹어도 혈액이 잘 흐르고 심장이나 동맥을 젊게 유지하는데 효과가 있다. 그렇지만 실제로는 선인도 아니므로 언제나 솔잎을 씹고 있을 수도 없는 것이다.

그러므로 역시 적량은 심장의 묘약이라고 일컬어지는 흑설탕과의 합체(合體)다. 단순하지만 송엽정이 효과가 있는 것은 그런 이유에서이다. 병원 검사로 심장의 빠름이 고쳐진다면 불만은 없으나 지금 심장 상태가 의문인 사람은 시험해 보아도 좋다.

약간 수법의 차이는 있으나 일본은 물론 아시아와 유럽 전역에 전해지는 송엽정은 시대와 국경을 넘어 많은 사람들이 구하고 있다. 또 수제(手製)가 아니면 효과가 없다. 모든 유효 성분의 함유량이 문제인 것이다.

혼자 뿐 아니고 스포츠 선수에게도 호평을 받는다.

침묵의 장기(臟器)에도
발언권이 있다

간장(肝臟), 신장(腎腸)을 강화하는 잉어의 비늘 요리

간장병을 고치거나, 종래보다 강화하는 적극적인 의료 식으로써 물고기의 비늘 요리가 광동계 중국인의 흥미를 모으고 있다.

우리 나라에도 잉어의 비늘은 옛날부터 먹는 것이 상식으로, 그 점에서 그다지 저항없이 받아 들일 수 있다.

잉어에 한정되지 않고 비늘이라면 무엇이든 좋다. 당나귀나 만주 사슴 또는 말의 껍질도 먹어버리는 식습(食習)은 대륙답다고 생각할 수 있다.

식법(食法)은 조려서 굳혀 먹거나 튀기는 것이 일반적인데 팥으로 끓인 것도 맛있다. 간장 치료에 뱀의 간이 세트 메뉴로 나온다.

쓸 데 없이 영양가만 취해도 간장은 치료되지 않고 다른 장기에 무리가 간다. 예를 들면 당뇨나 통풍에는 좋지 않다.

오로지 하나만을 고수하는 부류는 비늘에 한해서 효과가 있다고 주장하고 있었다. 중국에서는 잉어를 간장의 약 그 자체라고 하여 다식(多食)한다.

물론 신장에는 효과가 있다. 여기에서부터 발달하여 마침내 잉어의 비늘 요리에 이르렀다.

비늘 그대로 둥글게 조리하면 마찬가지라고 생각하지만 분량적으로 그렇게는 매일 먹을 수 없다. 비늘 중심의 요리이면 상관없다.

조려 굳힌 음식이나 튀김은 술 안주로도 적합하다. 눈이 잘 보이게 되고 신경의 안정 및 숙면에도 좋은 약이다.

팥도 딱딱하므로 함께 끓이면 딱 좋다. 잉어가 아니어도 좋으니, 생선 가게에 상담, 잉어를 구입하여 한번 시험해 볼 가치는 있다.

허약아의 체질 개선에는 좋은 효과를 발휘한다

무거운 간장과 술을 많이 마시는데
특효약 양간탕(養肝湯)

간 기능의 쇠약을 회복하고 황달을 치료하는 양간탕(養肝湯)은 옛날부터 전승되는 일상의 묘약(妙藥)이라고 할 수 있다.

기본 재료는 닭의 토막, 대추, 쑥이다. 따라서 국을 만든다는 생각으로 간단하게 만들 수 있는 약용 수프이다.

닭은 살만으로는 효과가 없다. 양질의 뼈와 가죽이 필요하다. 그러므로 토막친 것으로 한다.

쑥은 생잎이 없으면 말린 잎을 구하여 200그램의 토막친 닭에 대해 10그램을 넣어 다섯 컵의 물이 반이 될 때까지 끓인다. 그리고 마른 대추를 넣고 약한 불에서 30분 둔 다음 완성한다. 적당히 소금과 검은 덩어리 후추를 뿌린다. 이상이 하루 양으로 두번으로 나누어 먹는다.

닭과 쑥을 끓이는 단계에서 내용물을 제거하고 수프만을 남기고 대추를 넣으면 먹기 쉽다.

간장의 해독 작용을 적극적으로 촉진하는 쑥과 강화를 위한 대추, 닭의 상승효과로 무거운 간장이 가뿐해진다.

환자가 아니라도 술을 많이 마시는 사람은 꼭 마시도록 권하고 싶은 약 메뉴이다.

1주일 동안 한번이라도 좋다.

시계(視界)가 분명해진다. 간장이 피로해 지면 눈이 나온다는 것은 사실이다. 그렇다고 해서 합성의 간장약에 손을 대는 것은 위험하다.

잠시 동안은 상태가 좋아지지만 본격적으로는 아무 치료도 되지 않는다. 양간탕 쪽이 나는 효과를 볼 수 있다.

쑥과 대추 및 닭은 아주 싸다. 이것으로 생명이 보증된다고 생각하면 스프 만드는데 드는 에너지와 시간은 별것 아니다.

아내가 아닌 자신이라도 쉽게 만들 수 있다.

특제(特製), 정어리를 동그랗게 뭉쳐 삶은 국은 간장(肝臟)을 구하는 신(神)

간장 강화, 스트레스 해소, 강정 및 피로 회복의 치료식에 어느 것 하나를 뽑으라고 한다면 특제 정어리 뭉쳐 삶은 국을 들겠다. 황달 직전까지 혹사된 간장을 구하는 신이다.

다시마, 쥐참외의 뿌리와 참마를 빻아 수프로 만든다. 정어리는 통째로 사용하고 생강, 된장, 술, 밀가루로 완자를 만든다. 이것을 소금과 간장으로 맛을 갖춘 스프에 넣는다.

그 뒤는 우엉, 당근, 파를 가늘게 잘라 넣으면 완성된다. 분명히 말해서 백가지 비타민제 몇 병을 준비해도 이 국 한 그릇을 당할 수 없다. 그야말로 모든 병의 일발해소(一發解消)의 먹는 묘약이라고 할 수 있다.

피로에 의해 태양이 노랗게 보인다는 것은 사실이다. 간장이 지쳐 비명을 지르고 있다. 회복할 것인가 그냥 둘것인가는 종이 한장의 노력의 차이이다.

'낙타의 등도 새끼줄 하나로 끊을 수 있다' 라는 아랍의 속담도 있듯이 건강과 병의 경계선은 미묘한 것이다.

하나의 메뉴 내용의 각 재료에 대해 효능을 말하는 것은 본래 이상한 일이지만 정어리 비타민의 보고(寶庫)이고 참마는 이름있는 강장강정식품(强壯强精食品)으로 유명하다.

쥐참외는 황달을 주로 하는 간장 장해의 특효양이다. 식욕을 깨트릴 염려가 없고 오히려 당기게 한다. 각 재료는 사용하기에 따라 다르다.

야뇨, 불면, 자면에서 땀을 흘리는 체질이 고쳐진다.

스태미너를 증강하고 여린 신경을 보강하면 그런 증상은 사라지는 것이 인간의 자연스러운 모습인 것이다. 빈혈도 낫는다.

섰다 앉는 것만으로 간장(肝臟), 당뇨(糖尿)에 효과가 있는 바라문 도인술(導引術)

세계 최고의 의료 체조라고 일컬어지는 바라문 도인술에는 불가해(不可解)한 부분도 많지만, 당뇨와 간장을 위한 동작 등은 단순 명쾌하고 실효가 있다.

주동작은 정좌→ 기립→ 정좌. 이것에 손의 움직임과 간단한 호흡법이 가해진다. 기본 자세인 정좌는 등을 똑바로 세우면 다른 주문은 없다. 느긋한 기분으로 몸의 힘을 뺀다. 손바닥은 조금씩 전방의 가슴 높이고 미는데 동시에 허리를 띄워 무릎의 반압(反壓)을 이용하여 선다.

항문을 천천히 뇌천정 방향으로 조여 올리는 것이 요령이다. 일어나 무릎과 넓적다리, 허리를 충분히 펴고 한번 엎드린다. 숨을 토하면 편안해 진다.

다시 숨을 들어 마시면서 되돌아오는 코스로 옮겨 앉는다. 이상을 10회, 하루에 한번 해 본다. 전체가 슬로우모션으로 이것에 익숙해 질 때까지 조금 헤매게 된다. 매끄러운 리듬감이 나오지 않는다. 그러나 일어나 걸을 수 있는 사람이라면 누구나 하루 만에 능숙해 진다.

앞에 있는 산을 밀며 일어나고 이번에는 산을 당겨 붙이는 생각으로 앉는다. 그런 느낌으로 하는 것이다.

효과는 절대적이다. 독일의 얀에 의해 열심히 제창되었던 근대 체조 및 중국의 태극권의 기초로 계승된다. 당뇨와 간장은 '땀을 흘리지 않으면 치료되지 않는다' 라고 옛날 사람은 충고의 말을 했다. 그렇게 하지 않는 한 자연 치료 능력은 쇠퇴하고 약에 가라앉아 있던 독이 전신에 돌아 합병증이 확대된다.

화학 약품으로 하나를 억눌러도 다른 하나는 약화된다. 이쪽이 나으면 저쪽이 이런 식으로 당뇨 임포가 되는데 이 체조로 안심할 수 있다.

지친 간장(肝臟)도 거뜬히, 동양(東洋) 민간약(民間藥)의 꽃 국화(菊花)

가을의 중양절(中陽節)에는 높은 곳에 제단을 차리고 돼지를 올린다. 그리고 돼지 고기를 안주로 국화주를 한 잔 올린다. 그 때문에 구만주에서는 이 제(祭)를 '등고'라고 했다.

국화는 장수와 무병의 약이라 하여 모두에게 친숙하다. 저쪽에서는 안미지방산의 국화를 최고로 친다. 이쪽에서도 야채 가게의 식용 국화면 된다.

피로한 간장에 이것으로 십분 효과를 준다. 국화 주스, 국화술, 국을 많이 만들어 먹는다.

국화주는 가을이 기회인 것이다. 무거운 간장이 아주 편안해 진다. 자각할 수 있을 정도로 야채 주스에 섞으면 대량 채취가 가능하다. 정혈작용(淨血作用) 탓인지 소위 화농 체질이 낫는다.

얼굴에 무엇이 나는 것이 많은 사춘기의 소녀에게 상식

시키면 미인이 된다. 변비 해소의 현실이 그것을 뒷받침한다. 중국인은 국화주 뿐만이 아니고 국화차도 즐긴다. 말려서 사용한다.

격이 있는 향기와 더할 나위 없는 맛이 있다. 자신도 모르는 사이에 머리나 아깨 결림, 이명, 현기증, 신경통이 사라진다.

또 말린 꽃은 베개로 하면 신경이 편안해 져 잠이 잘 온다. 갱년기의 여성에게 권하고 싶다.

어깨 결림이 심한 경우는 꽃만이 아니고 줄기, 잎도 믹서로 갈아 천에 발라 붙이면 좋다. 그야말로 모두에 있어 민간약의 꽃이라고 할 수 있는 존재이다.

노인성 기침, 담도 멈춘다. 무리가 없어 안심할 수 있다. 회의 곁들임 야채로 하면 야채분도 보충되고 복통도 막는다.

카레식단의 간염(肝炎) 특효약
로진간

간장 치료의 레톨트 식품 로진간은 황달이나 간염의 특효약이다. 쑥과 닭의 레바 및 간을 주재(主材)로 가정에서 간단하게 만들 수 있다. 보존용이므로 가끔 먹으면 간장병 예방을 한다.

중국의 소위 장기요법(臟器療法)의 하나인데 우리 나라에 있어서는 카레 식단으로 하는 것이 가장 좋다.

즉 카레에 의해 이용 빈도는 높아지고 미각적으로도 약효를 강하게 하는 점에도 최고라고 할 수 있다.

예를 들면 카레 가루에 포함되는 열대 원산의 울금은 간장이나 담낭의 치료에 사용하는 크루크민을 추출하는 원식물이다.

그리고 건위(健胃)를 위한 이논드, 아죠앙 등으로 구성된다. 무엇보다 카레의 맛이 우리 민족에게 맞는다. 좋은 약은 달지 않은 것이다.

닭 털과 불순물을 제거한 닭을 한 마리 구하여 쑥 100그램과 대추 열매 50그램과 함께 오랫동안 삶는다.

도중에 카레 가루를 넣고 소금으로 조미를 하여 가능한 소량이 될 때까지 불에 얹어 둔다.

모든 것이 혼연일체가 된 엑기스를 얻을 수 있다. 닭의 볏이나 다리도 사용한다. 물론 카레와 간은 필수품으로 그것을 각각 200그램 씩 따로 구하여 넣는 것이 요령이다.

단지나 병에 옮겨 냉장하면 몇년이나 간다. 카레 요리 때마다 이것을 이용한다.

어린이가 좋아하고 건강하게 크는 것이다. '최량의 의료란 병에 걸리지 않는 것'이라는 말이 아주 적절하다. 술과 담배로 혹사한 간장이 되살아 난다.

강쑥은 강에서 자라지만 한방 약국에도 있다. '인진고'라는 이름으로 구할 수 있다.

간경화(肝硬化)도 곧 치료하는 피막이풀

　　미나리과의 피막이풀은 중국 민간에서 천호타(天胡荽)라고 부르며, 전초를 말려 하루량 10그램 정도를 물 1리터에서 5분의 1로 조린 액을 황달 간경화의 치료에 마신다.

　　우리 나라의 민간 해열, 이뇨 치료법과 용법은 같다. 즉 아시아 전역에 번성하는 야생의 약초로 지면을 기며 자라는 습성이 있으며, 잎의 모양이 연전초(連錢草)와 비슷하다.

　　채취기는 가을로 줄기를 잡아 당기면 감자 덩굴식으로 지상부의 전초를 얻을 수 있다. 물로 깨끗이 씻어 그늘에서 말린다. 직사 일광이라면 전조도는 빠르지만 녹색이 갈색으로 변하여 무척 맛없어 보인다.

　　또 분말화하기 쉽게 그늘에서 말리는 것이 적당하다. 그 뒤에는 커피 사이펀이나 흙병에서 넘지 않게 조리는 것 뿐 별다른 주의점은 없다. 맛은 없으므로 농도 짙은 액을 조금 마시는 것이 요령이다.

맛이 없는 만큼 효과는 높고 상성(相性)이 좋으면 지금까지 무슨 처방을 해도 소용 없던 사람이 회복에 이르는 기사회생(起死回生)의 묘약인 것이다. 그러므로 한번 확인하면 '아아 이것이었구나' 할 정도의 약초이다. 산에도 자라지만 길가에도 자란다.

백선이나 작은 베인 상처에는 잎을 으깨 푸른 즙을 바르면 효과가 있다. 피는 멎는다. 그리고 아시아의 벼농사 지대에 통용되는 이용법은 거머리에게 피를 빨렸을 때 환부에 대는 용법과 같다.

뿌리도 잎도 마디에서 나와 늠름하게 뻗는다. 지상부를 채취해도 다음 해에는 안 나온다. 이것은 같은 장소에서 채취할 수 있어 편리하다. 연전초가 있는 경우는 함께 조려도 상관없다. 박하의 풍미로 마실 때 좋고 다른 약효도 가해진다. 비슷한 종류도 같은 장소에서 자라는 것이 많다

아버지의 간장에서부터 어머니의 생리통까지 효과가 있는 웅갈(熊葛)

　　여름에 번성하는 웅갈(熊葛)의 잎은 동남아시아 유럽 전역에서 건강차로 사용한다. 프랑스에서는 '벨베누'라고 하여 피서에도 지참할 정도로 이용이 정착되어 있다. 그곳에서는 와인을 마셔 간장, 신장, 담낭을 상하기 쉽다. 그러므로 홍차 등과 같이 짙게 하여 마신다.

　　두통과 목 아픈 것을 동반하는 여름 감기는 간단히 낫는다. 바다나 산을 돌아 다니다가 어린이가 혹을 만들거나 상처를 입거나 하면 짙은 액을 습포로 이용하여 낫게 한다.

　　한가지 웅갈의 특징적인 약효는 부인과계 질환의 치료효과가 있다. 생리통 등은 딱 멈춘다고 한다. 가정내의 성가신 신체상의 트러블은 이것으로 막고 여름을 가족이 느긋하게 즐기려면 약초차로 만들어 먹는 것에 인기가 집중된다.

백화점의 가정 원예 코너에서 팔고 있는데 정원에 이식하면 쑥쑥 큰다. 여름이라서 아무래도 한방 냄새가 싫은 경우에는 지중해의 향기로 건강보건(健康保健)을 가하면 좋다.

　　분량적으로는 그다지 신경 쓸 것 없고 짙게 끓여 내어 마시는 것이 요령이다. 줄기는 사각이고 꽃은 입술모양으로 짙은 자주색의 보기에 시원한 작은 꽃을 피운다. 통상 잎을 그늘에 말리거나 또는 생것으로 이용하는데, 줄기도 꽃과 동시에 사용해도 상관없다.

　　스파게티의 소스나 스프에 넣어도 좋다. 간장은 치료가 어렵지만 예방은 용이한 장기(臟器)이다. 우리 나라에도 바지락국 등 예방 특효약이 유명하지만 레파토리를 증가시켜 두어 손해 날 것은 없다.

　　카이로의 남경충이 기어다니는 더러운 '카이카이 호텔'에도 강한 지주(地酒)와 함께 찬 웅갈차가 나오는 것은 감탄할 일이다.

간장(肝臟)과 조혈작용(造血作用)을 도와주는 백선주(白蘚酒)

간경화(肝硬化)로 의사에게서 버림 받기 전에 백선주(白蘚酒)를 만들어 두면 좋다. 중국과 우리 나라의 야초 뿌리가 주역이다.

한방 약국에서 백선을 200그램 구하여 35도 이상의 소주 1.8리터에 담근다. 동량의 어름 사탕을 섞으면 마시기 쉽다. 1개월 후부터 시음(試飮)하기 시작한다. 하루 량 302그램 정도를 몇 회로 나누어 마신다.

추운 구만주에서 파이칼이나 고량주를 지나치게 마셔 간장이 상하여 이것의 신세를 진 사람은 매우 많다. 대단히 효과가 있는 것이다.

물론 간경화는 술을 마시지 않아도 일어난다. 강한 백선주를 적량 마시고 병을 치료하면서 주선(酒仙)의 경지에 드는 것이 중요하다. '화를 내면 간을 해친다'라고 중국의 속담에서는 말하고 있다.

상음(常飮)하면 피부의 누런빛이 없어지고 윤기가 난다. 지친 간장의 조혈(造血) 기능을 도와 전신의 대사 기능이 되살아 나기 때문이다. 조금씩 살이 붙어간다, 이전에는 간경화라고 하면 암과 같이 죽을 병이라고 생각했다. 위험한 것은 틀림없지만 반드시 죽을 병은 아닌 것이다. 좋은 의사와 좋은 민간약을 얻으면 극복 가능하다.

또 체력이 허락하는 범위에서 의료체조나 노동을 하는 것도 중요하다. 치료한 사람들의 예를 보면 절대 안정기는 별도로 하더라도 모두 무엇인가 몸을 움직이고 있다. 즉 얼마나 자연의 치료능력을 투병에 동원하느냐를 명백하게 알 수 있을 것이다.

백선주도 그를 위한 엔진오일의 하나라고 생각하면 좋을 것이다. 말린 뿌리는 약방에 있다. 아니면 자신이 성분의 침출(浸出)을 서두른다

마시고 간장 기능도 회복하는
매괴인진주

　알콜의 절대 금지를 선언받은 간장병 환자는 숨어서 술을 마신다. 안될 일이다. 마시면서 효과를 높이는 것이 매괴인진주이다. 이편이 현실적이다.

　간 기능 회복의 특효 성분이 침출되어 있다. 초기이면 조기(早期)의 전치(全治)를 바랄 수 있을 정도로 약효가 강하다. 따라서 효과가 있다. 중국에서는 옛날부터 약용주로, 대륙에서도 이름 그대로 매괴와 인진으로 만든다. 술을 좋아하는데 기계적으로 단주(斷酒)를 강제하면 살 희망을 잃는다. 슬픔은 간을 해친다고 중국의 의학 책에 실려 있다. 그러므로 마시게 하고 있다.

　대만은 매괴 대신에 하이비스커스 꽃을 사용한다. 우리나라라면 해당화이다.

　모두 효과에는 큰 차이는 없는 것 같다. 매괴는 수입품이고 해당화는 국산인데, 하이비스커스에는 두 가지가 있다. 강한 소주로 내용을 짙게 만들어 조금씩 마시는 것이 요령이라고 할 수 있다. 간장을 상해 지친 심신에 활기가 찬다.

알콜의 일시적인 자극이나 기분 때문이라고는 도저히 설명할 수 없다.

대추를 가하면 마시기가 좋아진다. 강장분의 보강도 되므로 잊지 말도록 한다. 또 매괴노주는 이 경우에는 부적당하다. 그것은 정욕을 북돋우기 위한 것이다. 인진과의 합체가 있을 때 비로서 간장 강화의 목적이 달성된다. 본래는 간장을 상하기 전에 마시는 것이 최고로 좋다. 고주망태가 되어 귀가하여도 또 술을 요구할 때 아내가 이것을 내 놓으면 심하게 취하지는 않는다.

억울하면 자신은 매괴노주를 마셔도 좋다. 대용 하이비스커스는 활짝 핀 꽃잎보다 봉오리를 건조시킨 것 쪽을 대만에서는 귀중시한다.

담즙 분비 촉진, 충승(沖繩)의 전승약(傳承藥) 웃찐차(茶)

동양의 풍토에 완전히 흡수되어 민족 체질이나 미각에 일치화된 한방 처방으로는 충승(沖繩)의 전승약이 최고이다. 지리, 기상 문화가 가져온 결과라고 생각할 수 있다.

예를 들면 웃찐차는 간염, 황달, 담석, 건위, 담즙분비의 촉진, 기침 멈춤, 이뇨 등을 커버하고 보건강장(保健强壯)의 목적으로 조정된 건강차로 대만에서도 인기가 있다.

주재(主材)인 웃찐은 생강과의 울금인데 여기에 간장 일반의 특효약 강쑥을 넣고 또 구기자나 원숭이걸상을 배합하고 있다.

육식 중심의 식 생활에 잘 맞는 처방으로 주목하지 않을 수 없다.

맛도 우리에게 어색한 면이 조금도 없어, 녹차나 커피 중간에 가끔을 마시고 싶어진다.

술과 차의 관계와 같이 쌀로 빚은 술을 마시고 웃찐차로 혀를 씻으면 심하게 취하지 않는다.

업무용의 티백에 든 것은 그다지 바람직하지 않지만 현지의 극히 보통 가정에서 나오는 물건은 좋다. 의약의 신세를 지기 전에 이런 가까이 있는 한방 처방을 평소에 맛보도록 하였으면 한다.

아열대 아시아의 밝은 맛이 있다. 체내의 불필요한 염분을 오줌에 끌어 내 준다. 무거운 간장이 가뿐해 지는 듯한 느낌을 받는 것은 그 때문인지 모른다.

온 가족이 마실 수 있다. 동양 의학의 결정은 한방 약국에 만이 아니고 가까이에 있는 것이다.

여행할 때 웃찐차를 맛보자. 몸의 상태가 변한다. 또 이것을 시작으로 충승의 전승차를 찾는 것도 흥미롭다. 여러 가지가 있다.

술과 여자가 없이
무슨 인생이랴

당뇨병(糖尿病)에 기사회생(起死回生)의 묘약 황기탕(黃耆湯)

당뇨로 의사가 포기했으면 황기탕을 시험해 본다. 황기는 중국 동북부를 주산지로 하는 콩과 식물 기바나 황기의 말린 뿌리이다. 산약(참마)을 가하여 마시면 기사회생의 묘약이 된다.

병발증(併發症)의 고혈압이나 뇨폐(尿閉)는 곧 호전되어 위험을 탈출할 수 있다. 당뇨는 각 사람마다 증상이 다르다. 그야말로 개성적인 병이라고 일컬어진다. 따라서 인슐린 요법이 소용없어도 포기할 것이 아니다.

당뇨의 병리(病理)는 대략 6세기 수대(隋代)에 중국에서 해명되었다. 그 무렵부터 이미 치료 일변도가 경계되고 있다. 이례에 속한다고 할 수 있는데, 만두를 먹어 당뇨병을 치료한 예도 있다.

당을 잃는 병이라면 당을 보급하면 된다. 그것이라면 단 만두를 태산 만큼 먹으면 된다는 독특한 요(療)에 철저를

기했던 것이다.

황기의 존재를 알고 있었음에 틀림이 없는데, 그래서 그는 만두를 선택했던 것이다. 같은 이유에 의해, 다른 요법을 모두 써먹은 상태이면 참마가 든 황기 수프에 도전해 보자. 위험성은 없다.

물론 복잡 기괴한 병발증을 안고 있으면 이것까지 모두 치료할 수 있다고는 잘라 말할 수 없다. 담당의에게 최후의 상담을 하고 실행에 옮겨야 한다.

다음에 만날 때는 아마 '뭐야, 나았잖아' 라고 눈이 휘둥그레질 것이다. 랑겔한스섬을 발견한 1869년 이후 인슐린 요법과 식사 제한의 일변도로 21세기에 까지 왔다. 고대중국의 지혜는 위대하다.

이전은 내몽 황기와 기바나 황기로 구별되어 있었다. 지금은 중국산으로 통한다. 독성은 없다.

수천년 전부터 당뇨병을
격퇴한 토끼죽

현대 중국의 의료식은 효과가 있다. 수천 년의 역사를 거치는 동안 남는 것은 진실 뿐이다. 그것은 믿을 수 있는 것이다. 예를 들면 약석(藥石) 효과가 없고 쇠약하고 시력도 나쁜 당뇨 환자는 토끼죽이 도움이 된다.

칼로리 계산도 중요하지만 영양실조로 비틀거려서는 어떤 병도 고칠 수 없다. 시력에 있어서도 당뇨에 백내장은 동반되는 것임에도, 슬퍼하며 포기하고 있다.

그러나 아무리 건강해도 몸이 약해지면 그렇게 되는 것이다. 그러면 스태미너식으로 당뇨가 치료되느냐 하면 이것이 꼭 그런 것이 아니고 일정한 이론에 따른 토끼의 죽이 좋다는 것이다. 요리의 비법은 다음과 같다. 기본은 잡곡식인데, 죽용으로 물을 많이 쓴다. 안에 거즈로 싼 두릅나무의 근피 50그램을 넣는다.

토끼 고기 100그램 및 구기자 나무 열매를 가하고 중불로 끓인다. 천연염으로 맛을 내어 완성한다. 잡곡의 양은 적당하게 하고 이상을 대략 그 하루의 양으로 한다. 기효(奇效)가 있다.

매일 먹으라고는 할 수 없다. 각자의 판단에 맡긴다. 본래는 우리 나라 산야에서 뛰노는 산토끼가 최고인데 입수가 어렵다. 큰 백화점이 식육부에서 수입된 토끼 고기를 준비하는 것이 빠르다.

두릅나무의 근피나 열매는 자신이 채취할 수 있지만 한방 약국에서도 팔고 있다.

허약한 몸이 회복되고 눈이 선명해져 간다. 혈당치는 악화되지 않는다. 여기에 이르러 투병의 의욕이 솟아 난다.

당뇨에는 토끼인 것이다.

부어오르는 몸, 나른한 발을
낫게하는 초팥

여름철의 당뇨 악화를 방지하고 스태미너를 유지하는
데는 초팥이 전통의 무게를 발휘한다.

혁명 전의 중국에서는 특권 계급에게 당뇨가 많았다. 돈
이 많아 여러 가지 방법을 썼는데 이것이 효과가 있어 귀
하게 여겼다.

현재 우리 나라에도 중국과 같은 방법을 실시하는 사람
이 있으나 우선은 본고장의 만드는 법을 소개하면 다음과
같다.

팥을 하룻밤 불렸다가 물을 버리고 병에 넣는다. 병 바
닥에는 팥 5분의 1 양의 고미시를 거어즈로 싸둔다.

이렇게 한 뒤 양조초를 부으면 작업은 끝난다. 1주일 후
에 가볍게 섞어, 하루에 한 번 큰 수저 가득 열매와 액을
퍼 먹는다. 목마름을 누르고 이뇨 작용에 효과적이다. 그
리고 구연산, 사과산, 알긴산 등의 작용이 체력의 저하를

막는다. 고미시는 산포도의 열매와 비슷한 강장제인데 북한의 평양 북도산이나 일본산 중에서 사용한다. 양질의 맛있는 신맛이 나와 '초팥'의 약효를 한층 높인다. 중국에서 대중적인 도덕경 '천복편'의 일구에 '산을 가지면 화하여 감주를 얻을 수 있다' 라는 말이 있는데 이것을 말한다.

초만 넣고 나머지를 생략하면, 맛도 약효도 떨어지게 된다. 특히 질이 열등한 초를 사용해서는 역효과가 난다. 맛이 없고 명치가 쓰리고 아플 뿐 아니라 팥의 미네랄 효과를 저해해 버린다. 따라서 그것이 포인트로 그 뒤는 어려운 점은 하나도 없다. 부은 몸, 나른한 다리 등은 곧 사라진다

이전에 들은 바를 생각해 내어 시험해 보았더니 효과가 없더라는 사람이 있다.

화룡점정(畵龍點睛)을 빠트렸기 때문이다. 단순한 만큼 빼는 것은 금물이다.

아름다운 맛의 연전초(連錢草)에
한천(寒天)을 넣어 당뇨방지(糖尿昉止)

당뇨는 여름에 악화되는 경우가 많다. 이유는 간단한데 그것은 극도의 갈증으로 수분을 마구 마시기 때문이다.

대사 능력이 떨어진 몸은 폐뇨(閉尿)로 붓게 된다. 그렇지 않아도 칼로리 계산에 의한 절식으로 흐물흐물해 져 있다.

체류수분(滯留水分)은 피를 묽게 하고 체액(體液)은 탁해 진다. 예민한 취각으로는 당뇨 환자의 독특한 이취(異臭)를 맡을 수 있다. 일종의 사취(死臭)라 해도 좋다.

그러므로 근본적인 치료를 하여야 하는데, 여름철을 이기기 위해서는 연전초가 좋다. 물론 연전초의 차도 효과가 있지만 해초로 만든 한천의 이용은 효과의 면에서 위이다. 다행히 여름에 무성한 약초이므로 사용할 수 있다. 아침에 따서 햇빛에 말리면 저녁에는 끓여 액기스를 채취할 수 있다.

진하지 않으면 효과가 없다. 여기에 한천을 넣어 식혀 두면 언제라도 먹을 수 있다. 시원한 청량감이 내장에 전해진다.

병적인 갈증은 일단 멈춘다. 콩가루를 발라 먹는 식법도 좋다.

혈당치는 내려가고 뇌신경의 초조는 진정된다. 당뇨에 초조는 동반되는 것인데, 이것이 혈당치를 부추긴다. 혈압도 오른다. 당뇨 임포가 되지 않는 편이 이상하다.

연천초와 한천은 이들 나쁜 증상에 제동을 건다. 어린이의 간식을 만들 주부라면 두말할 필요없이 좋다. 그리고 번거로운 칼로리 계산 등은 그만 두고 잡곡 주식과 해초나 야채 중심의 부채로, 노동이나 스포츠로 땀을 흘릴 때 이것으로써 당뇨를 이길 기력도 솟는다.

칼로리 계산으로 당뇨를 치료할 수 없다는 것은 천하에 숨길 수 없는 사실이 아닌가.

메꽃의 어린잎 요리로 혈당치(血糖値)가 내려간다

당뇨식의 청과물에 메꽃의 어린잎이나 줄기가 좋다. 혈당치가 내려간다. 내려가도 병이 근치(根治)된다고는 생각할 수 없지만 높은 수치가 계속된다면 초조해지기 마련이다. 병은 중해지고 눈 앞이 어지럽다. 따라서 수치의 하강은 의사의 백가지 설교보다 낫다.

1시간 흐르는 물에 두었다가 야채 가게의 청과물과 같은 조리법으로 먹을 수 있다. 샐러드 기름 볶음이나 국도 맛있다.

씨앗없이 지하 줄기를 뻗어 번성하는 특이한 들풀이다. 지방에 따라서는 이 뿌리만으로도 약효가 있다고 믿고 다른 것은 버리는데 그렇지가 않다. 뿌리 뿐만이 아니고 모든 것이 먹을 수 있는 약이다.

그보다 메꽃과 독초(毒草) '나팔꽃' 과의 구별을 잘 못하여 중독이 되는 이상한 현상이 매년 일어난다.

나팔꽃은 약도 되지만 초보자에게는 엄격히 금지되는 독초이다. 1908년이라면 아메리카의 버펄로에 목욕탕이 달린 객실의 호텔이 출현하여 화제가 만발하던 해인데, 같은 해 인도지나 반도의 고급호텔에서도 큰 소란이 일어났다. 호텔을 고위 점유한 백인 코로니스크를 전부 죽이려 과격파가 전 객실로 배달되는 음료수에 나팔꽃의 즙을 넣어 생지옥이 출현되었다. 그런 무시무시한 독초인 것이다.

　　조금 침착하게 보면 메꽃은 모습이 전혀 다르다. 독도 없다. 혈당 외 혈압 조정의 작용도 한다. 고서에서는 '근골(筋骨)을 조여 피로 회복의 힘이 있고 강장 정저에 현저한 효과를 알 수 있다' 라고 되어 있다.

구박이나 가정 내 폭력도 없애는 신장(腎臟) 특효약 해조 청각채(海藻海松)

해조 해송(청각채)을 고대인은 신선채라고 했다. 불로장생의 식품을 찾는 데 열심이었던 중국의 시황제는 관리를 파견하여 해송과 김과 다시마 그리고 밀감을 가져오도록 했다.

해송이란 이름 그대로 수중에 소나무잎이 번성한 듯한 아름다운 모습이다.

해독이 되고 몽롱해진 심신이 되살아난다. 즉 신장의 특효약으로 몸이 붓는 증상을 제거한다. 이 경우는 생식(生食)에 한한다.

동맥경화(動脈硬化)의 예방식에는 날것 뿐만이 아니고 국에 넣고 뿌려 상식(常食)하는 것이 바람직하다.

동북 아시아 해안 지역에서는 노인의 장수식 및 산전산후(産前産後)의 복통 치료, 산도회복(産道回復)의 목적으로 많이 먹는다. 닭이나 마른 대구로 수프를 만들어 넣어 먹는 것이 일반적이다.

대양주의 마오리족은 젤리 상태로 하여 먹는다. 그리고 단백질은 물고기로 보충한다. 그들의 장수는 유명하며 강정(強精)만큼은 같은 인간이라고 생각할 수 없을 정도이다.

요즘 술집이나 김밥집에서 반찬으로 사용하는 습관이 부활되고 있다. 그러므로 해산물 집이나 생선가게에서 가끔 볼 수 있다.

바다에 가까이 사는 사람은 자신이 얻을 수 있으므로 부러운 일이다. 대량으로 입수했으면 햇볕에 말려 적당히 자르고 후라이팬에 볶아 분말로 만든다.

말린 밀감의 껍질과 소금을 가하면 최고의 양념이 된다. 신경이 안정되는 부식이므로 학대나 가정 내 폭력이 없어진다.

신장을 쉬게하라!
전기 난로로 치료

'신장은 따뜻하게 하여 치료하라' 라는 말이 있다. 그 만큼 추위에 약하다. 그러므로 추운 시기에 그것을 역으로 이용하여 난방을 가지고 치료하는 것이 인간의 지혜이다. 전기 난로로 온도를 따뜻히 하면서 개선하는 것은 좋은 방법이다.

두 손은 몸의 옆구리에 두고 다리는 뻗는다. 전신의 힘을 빼고 느슨하게 한다. 이 자세를 하루에 10분 이상 유지한다. 신장의 휴식과 강화를 위한 체위라고 하면 가족도 납득해 줄 것이다.

등뼈의 교정도 된다고 한다. 가만히 있는 것이 최상인데, 지속시키기 위해서 텔레비젼을 보는 것도 좋다. 생물계에서 최강의 신장을 갖는다고 일컬어지는 북아메리카의 캥거루쥐의 평상시 동작 중에 신장 강화와 휴식의 효과적인 운동 법칙이 있다고 한다. 그러므로 물이 적은 사막에서 살 수 있는 것이다.

인간의 일상 동작에는 그것이 없다. 하루에 한번은 혹사하는 신장을 휴식하는 시간이 있어야 한다.

이상을 기본으로, 가끔은 의료식을 섭취하지 않으면 안된다. 그렇지 않으면 신장이 묵직하고 활기가 없다.

효과적인 한가지 예를 들면 율무와 팥죽, 매화 열매 말린 것이 적당하다.

한방으로는 하엽반(荷葉飯)으로 연꽃의 잎에 쌀떡을 감아 찐 것이나 연꽃의 열매도 넣고 있다. 육식 과다로 신장이 지친 홍콩인에게 인기가 있다. 회복과 동시에 정기를 가져온다.

또 독특한 무약나물 의료식법도 지나칠 수 없다. 아무튼 의료체위와 함께 좋은 것을 선택해 보자.

갈대의 즙은 황달(黃疸), 토할 것 같은 기분에 일발필중(一發必中)

갈대는 강가에 자라 있다. 희고 부드러운 뿌리나 새순의 즙을 황달 치료나 이뇨제로 이용한다. 간장과 위의 혹사로 토할 것 같은 느낌에도 맞는다. 농도를 짙게 하여 마시는 것이 요령이다.

일단 삶아 죽순과 같은 요령으로 조리하여야 먹어도 맛있다.

돼지고기 요리로 이름을 남긴 시인 소동파는 복어에도 강한 흥미를 갖고 있었지만 복어의 시에서 갈대의 새순(新芽)을 노래하고 있다.

복어의 해독에 어느 정도 효과가 있는지는 알 수 없지만 물고기와 함께 삶으면 맛이 좋아지는 것은 확실하다.

중국에서는 게나 생선 요리에 자주 사용한다. 맛을 끌어내어 중독을 방지한다고 한다. 즉 완전히 약용 야채로 취급한다. 우리 나라에서는 갈대로 여름의 발을 만드는 사람일부가 계속 먹어 왔을 뿐이다.

자연의 감미(甘味)가 있어 물고기 요리에 설탕을 넣은 것보다 훨씬 고급이라고 할 수 있다.

생선 요리에 설탕이나 화학 조미료를 가하는 것을 외도로, 이전에는 그런 여자는 이혼의 대상이 되었다. 첫째가 갈대, 둘째가 술인 것이다. 치료용으로 사용할 것이면 오래된 뿌리라도 상관없다. 이 경우 먹지 않고 즙만 사용하기 때문이다. 잘 씻은 뒤, 잘라 무우를 말리는 것과 같이 하여 보존한다.

다소의 복통이 있기도 하지만, 과음을 했을 때 이용해 본다. 간장 주변이 가벼워진다. 다시 일할 의욕이 난다. 건위작용(健胃作用)도 강하다.

황달에는 단독 사용도 좋지만 바지락국에 넣으면 치료가 빠르다.

바곳의 뿌리 온비탕(溫脾湯)으로 인공투석(人工透析)에서 사회복귀(社會復歸)

인공투석만이 남겨진 생존의 길이라는 선고를 받아 눈앞이 캄캄해 지는 사람이 많이 있다.

어째서 이렇게까지 악화되게 만들었을까 하고 후회해 보아도 소 잃고 외양간 고치기이다. 중국에서는 그런 신부전(腎不全)에 온비탕(溫脾湯)을 이용한다. 고친 예는 수를 셀 수 없고 체조 요법을 가미하면서 사회 복귀를 시키는 것이다.

이 명약은 심각한 증상인 만큼 수저 한 개의 분량 차이가 효과가 있느냐 없느냐의 갈림길이 된다.

주요 약재는 부자(附子)로 맹독(猛毒)의 바곳 뿌리를 사용한다. 초보자는 불가능하다.

독 화살로 낮이 익다. 홍당무와 비슷한 뿌리에 알칼로이드·아코니틴을 풍부하게 함유하고 있다. 화살은 피부를 닿기만 해도 호흡 중추가 마비를 일으켜 곧 심장 기능이 정지된다. 동부 히말리아, 중부 유럽, 중국 대륙으로 분포는 넓고 물론 우리 나라에도 번성한다.

부자 이외에는 버들여위과의 대황이 가해지는데 이것은 위병의 특효약으로 강렬한 부자의 부작용을 완전히 억제한다. 다만 독성 처리는 다른 차원에서 취급된다. 그 뒤는 감초, 복령 등을 증상과 체질에 맞게 선택하고 증감의 처방은 베테랑 임상의의 실력에 의존한다. 따라서 현세의 법칙 '운(運)과 연(緣)'이 지배한다. 구태여 기준을 찾으려면 대학 병원에서 동양의학 연구 및 치료를 하고 있는 곳을 찾는다.

찾으면 천운이라고 생각해도 좋은 것이다.

현 상황에서 인공투석이 나쁜 것은 아니지만 힘든 일이다. 이것으로 아직 희망은 가질 수 있다.

신장(腎臟)과 숙취에 칠성장어와
오령산(五苓散)

신염(腎炎)과 네프로제의 원인과 병 증상은 복잡하지만 동양 의학이 '수독(水毒)'의 일종으로 본 것은 옳다. 더러운 물이 몸에 쌓이면, 그 때문에 어린이라도 노쇠 현상을 동반하여 매우 지친다. 시력도 약해 진다.

즉 신장의 트러블 결과, 체액의 선택적 재생력이 둔해지고 오장육부의 신선도가 떨어지는 것이다. 당연히 몸이 많이 붓는다. 얼굴까지 부어 미인의 원형을 잃은 여성을 보는 것은 괴롭다. 도박이라고 할 정도의 위험성은 없으므로 칠성장어와 오령산을 시험해 보자.

칠성장어는 고서에서 '갯장어는 담수에 사는 칠성장어다' 라고 불리는 약용어(藥用魚)이다.

북방인은 긴 것은 꺼리지만 남방인은 우리 이상으로 잘 먹는다. 가능하면 생혈에서부터 시작하는 풀코스로 전체식이 바람직하다.

원기가 나고 이뇨는 활발해 지고 시력이 돌아온다. 신장에 어필하는 힘이 강하다.

그때쯤 오령산을 먹는다. 명약이다. 380년 무렵, 도교 의학의 시행착오의 과정에서 '오석산 사건'이라는 일이 발생했다. 광석 미네랄제였는데 환각을 동반하여, 그것이 젊은이들에게 혼용된 결과 사망자가 속출했다. 이것의 구급 해독 연구 과정에서 발견된 것이 오령산이다. 역사는 오래 되었다.

오석산이 광산약인데 비해 오령산은 순식물제이다. 위를 상하게 하지 않고 숙취에도 효과가 있다.

신장의 부어오름, 혈도(血道)의 정상화에 산 으름덩굴

으름덩굴의 덩굴은 한방에서 목통 과실을 목통자(木通子)라고 하여 붓는 데나 통경(通經)에 사용한다. 버섯을 따려 허리를 굽히면 눈 앞에 보이기도 한다. 그대로 단 과육을 탐하는 것도 좋지만 어름 사탕으로 천천히 졸이면 맛있는 음식이 된다. 이 경우는 씨앗도 껍질을 모두 먹을 수 있다.

신장 붓는 것이 사라지고 강심작용(强心作用)이나 혈도의 정상화에 정평이 나 있다. 상당히 악화된 증상에는 덩굴 채 햇볕에 말려 사용한다. 하루에 10그램을 끓여 액을 3회에 나누어 먹는다. 이전은 임파선 환자에게도 신과 같은 존재였다고 한다. 즉 불필요한 물질을 몸 밖으로 끌어내는 특효약이다.

가능한 맛없는 덩굴의 액이 아니더라도 맛있는 과실을 계속 먹으며 제증상의 경감을 기하고 싶을 것이다. 산과 인연이 없는 사람이라도 요즘에는 과일 가게에서 극히 쉽게 찾을 수 있으므로 이용하면 좋다. 미각적으로는 신맛이 적다. 레몬과 끓이면 맛이 난다. 흐르는 물에 반나절 정도 두면 떫은 맛이 빠진다. 그것을 통째로 끓인다.

약효는 도망가지 않으므로 안심할 수 있다. 만일 산에서 대량으로 구했으면 중국식으로 말려 보존한다. 떫은 맛을 뺀뒤, 햇볕에 말리면 된다. 이렇게 하면 물에 불려 언제라도 사용할 수 있다.

또 과일의 채취 때, 덩굴을 따 두었으면 함께 말려 끓인다. 그리고 덩굴은 버리고 열매만 먹으면 되는 것이다. 약효가 강하다. 그것은 약용으로 사용해도 신비한 과일이다. 씨앗까지 먹는 편이 효과가 있다.

혈액의 젊음을 되찾는 데 무엇보다도 좋다고, 씨앗 기름을 중요하게 사용하는 사람도 있다. 으름덩굴 대신에 벌꿀도 좋다는 것이 정설이다. 정원에서 잘 자란다.

가을의 기린초로 소변 막힘
해소(解消)

　가을의 기린초는 그 이름과 같이 가을의 대표적인 국화과의 약초로서 악질적인 소변 막힘에 효과가 있다.

　아무리 옥수수 수염의 즙을 먹어도 붓기가 가라앉지 않거나 수박을 먹어도 안되는 경우에 시험해 보자. 햇볕이 좋은 공지나 들판에 노란색의 꽃이 흐드러지게 핀다.

　사용법도 간단하다. 지상 가까이 나 있는 기린초를 식목가위나 칼을 사용하여 자른다. 직사광선으로 하루 말려 20그램 정도를 삶아 낸다. 즉 꽃, 줄기, 잎 어디나 약용부이므로 적당히 잘라 삶을 뿐이다. 즙을 하루에 3회로 나누어 먹는다.

　이용자의 성별은 관계없으나 특히 여성의 부은 몸에 적합하다고 정평이 나 있다. 여성은 어째서인지 잘 붓고 신염으로 직결된다. 이 아름다운 가을 풀을 이용하여 치료하면 좋다. 항균작용에 의해 목구멍의 통증이나 두통, 초기의 감기도 낫는다.

노래를 많이 하여 목이 거칠어진 경우에 헹구어 내도 좋다. 회사의 여행 철에 이것을 지참하면 숙취와 쉰 목소리는 완벽하게 방지할 수 있다. 다만 편도선염으로 발전한 목구멍의 통증에는 무리이다. 치자나무의 즙이나 액에는 견줄 수 없다.

가을에 기린초의 항균 작용을 살려, 이전에는 부은 것, 부스럼 일소에 즙을 먹는 지방이 많았다. 몸 속에서 치료가 되는 것으로 이 요법으로는 쇼크사도 없어 안전하다. 역시 20그램을 삶아 하루에 3회 먹는 것이다. 알레르기 등의 특히 체질로 화학 약품을 바를 수 없는 사람은 알아 두면 도움이 된다. 말린 전초는 보존할 수 있다.

소변이 막혀 세균이 방광에 역류하면 갑작스러운 발열을 일으키거나 하는데 이것에 의해 소변이 나오면 살균 효과는 만점이다.

우리 나라에서는 옛날부터 가정약으로써 친근하다.

식후(食後) 3번의 복용으로 부기가 가라앉는 인동주(忍冬酒)

신장병은 겨울이 괴롭다. 몸이 차가워 견딜 수가 없다. 소변이 제대로 나오지 않아 전신이 붓는다. 인동주(忍冬酒) 한잔은 이름 그대로 그런 증상을 잘 조정하여 겨울을 이겨내게 한다. 인동덩굴의 잎과 금은화라고 불리우는 꽃을 사용한다. 각 100그램을 강한 소주 1.8리터에 담군다. 어름 사탕을 적당히 가해도 좋다. 약효의 침출이 비교적 빠르므로 만추에 준비하면 혹한기에 마실 수 있다. 한잔을 식후 3회 마시면 효과도 빠르다.

해독 작용이 강하여 부기를 가라앉히고 피를 깨끗이 한다. 따라서 치료가 늦은 부기를 빨아 들이는 것으로 좋다. 치질이나 관절의 통증도 사라진다.

자궁내막염에도 효과가 있는데, 발열중에는 삼가하는 것이 무난하다. 달리 이상은 없으나 체력을 믿고 술을 많이 마셔 심한 숙취가 되었을 때 시음(試飮)의 절호의 기회이다. 이 경우는 컵에 반 정도 마시면 낫는다. 술을 많이 마시면 동반되는 목의 증상에도 효과가 놀랍다. 연말연시의 망년회, 신년회 시즌에는 연회가 집중되어 죽을 정도인 비지니스맨은 한병 만들어 1개월 후에 마시기 시작하면 좋다.

또 치질, 요통, 관절통은 음용(飮用)과 동시에 헝겊에 적셔 환부에 댄다. 효과가 보다 빨라진다.

날아오를 때 대면 효과가 있다. 또 기성품의 인동덩굴차를 상용(常用)하는데 그것은 안된다. 아마 줄기 부분이 많고 다른 것이 혼합된 차일 것이다.

체질이나 증상과의 상성(相性) 문제도 있으나 앞에서 기술한 으름덩굴주라면 괜찮다. 가벼운 방광염 등도 곧 치료된다.

뇨폐(尿閉), 피부의 황색(黃色)이 치료되는 강쑥과 복령(茯笭)

간장과 신장의 쇠약은 적어지고 전신이 붓고 손발이 나른해지는 증상을 동반한다. 모처럼의 별식도 입에 넣으면 쓰다.

좋아하는 술도 마찬가지로 그래도 술을 마셔 몹쓰게 취하는 코스를 밟으면 신진대사 능력을 저하시킨다. 그 뒤는 전락 일변도이다.

이 단계에서는 인진오령산(茵蔯五笭散)이 강력한 효과가 있다.

신용할 수 있는 한방 약국에 가서 약명을 말하고 처방을 받는다. 강쑥, 복령 등을 주재(主材)로 믹스 분말을 만들어 준다. 뇨폐나 피부의 황색이 점점 낫는다.

네프로제의 묘약(妙藥)이라고 일컬어지는 만큼 효과는 확실하다. 숙취의 약으로 사용하는 현인도 있다.

기성제의 정제가 아닌 의뢰에 의해 조제해 주는 약국을

찾는 편이 좋다. 부재(副材)인 면고(面高)는 수초의 일종이라고 생각하면 좋고 여름을 타는 사람이나 이뇨의 옛날부터의 특효약으로 알려졌다. 또 쵸레이를 가하는 것이 보통인데 이것은 역시 이뇨에도 효과가 있고 간신(肝腎)의 장해에 동반되는 갈증이나 쓴맛을 억제한다. 체내에 쌓이는 쓸 데 없는 열이 없어져 편안하다.

쵸레이는 균핵의 일종으로 벗풀의 뿌리와 함께 초보자의 채취는 매우 어렵다. 그러므로 이름 있는 간신(肝腎)의 명약 강숙과 믹스해서 얻는 것이 좋다.

또 한방 약국에 따라 약간 부재 내용의 변경이 있을지도 모른다.

여성에게도 맞는다. 임신, 산후 몸이 부을 때 절호의 기회이다. 조금 계속하면 복령(茯笭)의 작용으로 신경이 안정된다.

도중에서 숨이 끊기는
것은 가엾다

목의 통증과 히스테리도 치료하는
침정화(沈丁花)의 꽃

　침정화(沈丁花)의 꽃을 물로 잘 씻어 도자기로 만든 컵에 20개 정도 넣고 열탕을 붓는다. 미지근해 진 때 행구면 목의 통증이 사라진다. 부은 데나 부스럼에는 잎을 환부에 댄 다음 열탕을 안과 겉에 대고 가볍게 친다. 초와 밥 알갱이와 잎을 섞어 바르는 방법도 있다.

　옛날에는 문둥병이나 매독에 사용했다고 한다. 무엇에도 비할 수 없는 우아한 향기를 내는 그 꽃에 그런 훌륭한 작용이 있다는 것은 놀라운 일이다.

　한방의 이름은 '단향(端香)'으로 꽃이나 잎, 목피 뿐 아니고 뿌리까지 철저하게 이용한다. 예를 들면 히스테리의 발작 예방에 화탕(花湯)을 마시는데, 제법(製法)은 목 헹굴 때 사용하는 것과 같다. 다만 마셔 버린다. 좋은 향기가 뇌의 초조함을 안정시키는 것이 확실하다. 본래는 서향과의 식물을 땅 속에 묻고 그 수지(樹脂)에서 얻은 '침향(沈香)'

을 주약(主藥)으로 하는데, 값이 비싸다.

그러므로 동속인 서향과라면 값도 싸 서민의 히스테리에 효과가 있다. 꽃이 피는 봄이라면 날 것을 이용하고 그 뒤는 그늘에 말려 보존하면 좋다.

만춘에 꽃이 다 피었으면 작은 가지를 가위로 잘라 부드러운 흙을 담은 화분에 꽂아 두면 뿌리가 난다.

화탕을 마실 것까지는 없이 좋은 향기가 떠도는 것만으로 히스테리는 일어나지 않는다.

아무리 합성기술이 발달해도 자연의 꽃의 향기를 완전하게 흉내 내는 것은 무리이다.

시인 · 소동파(1036~1101년)의 명작 '춘소일각(春宵一刻), 치천금(値千金). 꽃에 청향(淸香) 있고 달에 그늘이 있어…'의 꽃은 이것이다.

만성 기침이나 담(痰)에 최고인
덩굴 당근

잔서(殘署)의 계절이 채취기인 도라지과 약초 덩굴 당근은 내복(內服)으로 만성 기침이나 담 그 외에 외복(外服)으로 악화된 땀띠에 무엇보다도 특효약이다.

이제까지 토토끼라고 알려지던 덩굴 당근은 이름이 헷갈려 소외되어 왔다. 그러나 실물을 보면 현상은 전혀 다르다.

예를 들면 토토끼의 꽃은 소형의 나팔과 비슷한 꽃을 아래를 향해 흐드러지게 피운다. 덩굴 당근은 구태여 말하자면 튜울립형의 꽃이다. 무엇보다 이 꽃은 그 이름대로 덩굴이 있으므로 구별하기 쉽다. 뿌리를 사용한다.

백색의 즙이 나온다. 적당히 조각낸 다음 햇볕에 말린다. 10그램을 2컵의 물로 양이 반이 되게 삶아 하루에 2회로 나누어 식후에 먹는다. 곧 목이 매끄러워지는 것을 자각할 수 있다.

사포닌 성분이 작용한다. 1년 내내 상태가 좋지 않은 사람은 마시는 것이 좋다.

또 담을 평소에 마구 뱉는 사람이 요즘에도 있는 것 같다. 경제 대국임에도 불구하고 민도가 낮다고 비웃음을 당한다. 대기오염으로 공기가 나쁜 홍콩도 담을 뱉는 사람은 없고 그런 짓을 하는 것은 부끄러운 일이다.

그것과는 관계 없지만 아는 홍콩 한약방의 주인으로부터 덩굴 당근 뿌리를 모아 가져와 달라는 부탁을 받은 적이 있다.

토토끼와는 달리 식용이 되지 않기 때문에 산에 많이 번성하고 있다. 외용 도포인 경우에는 삶아서 바른다.

환부가 점점 나아간다.

알레르기가 없는 사람은 흰 즙을 직접 바르면 효과가 빠르다. 뿌리 뿐만이 아니고 잎이나 줄기에서도 흰 즙을 얻을 수 있다.

재채기, 기침 멈춤과 두통의 묘약
개양귀비

　5월의 꽃 개양귀비는 기침 멈춤과 두통의 묘약이다. 라
틴의 명곡(名曲) '아마포와'는 이것을 말한다. 남미나 남구
에서는 조금이라도 감기 기운이 있다 싶으면 이 꽃을 따
먹는다

　또는 컵에 꽃과 꿀을 넣고 더운 물을 부어 먹는다. 깨끗
하게 낫는 것이다.

　우리 나라에서는 통상 꽃을 말려 사용한다. 말린 꽃 5그
램이 하루 양인데, 홍차를 넣는 요령으로 삶아 내고 뜨거
운 것을 적량으로 나누어 먹으면 된다. 양기(陽氣)가 불안
정한 초여름에는 자칫하면 감기에 걸린다.

　초기에는 개양귀비탕을 먹으면 간단히 낫는 것이다. 벌
꿀은 있어도 없어도 좋지만 여성이나 어린이는 넣는 편을
좋아한다. 남자인 경우는 럼주나 위스키가 맞는다. 식물의
알카로이드 성분과 알콜은 유효작용(有效作用)을 높이고

미각적으로도 상성(相性)이 좋은 것이다.

아편을 만드는 종류와는 달리 개양귀비 재배는 공인되어 있다. 이상한 분위기를 내는 꽃이다.

관상을 하려면 드라이 플라워를 만들어 두면 도움이 된다. 1358년 프랑스의 자케리의 백성으로 폭도가 불렸던 노래에 '개양귀비를 먹어 재채기를 고치고 영주의 딸을 꼬시자' 라는 일절이 있다.

약용의 꽃으로써는 역사가 오래 되었다. 당 시대에 유럽에서 중국으로 들어와 드디어 우리 나라에도 전해졌다.

엑조틱한 모습과 약효가 당시의 진보파인 승려나 귀족들에게 인기가 있어 현재에 이르렀다.

두통이나 재채기가 선행하는 감기에 좋은 효과가 있다.

기침, 담에 오미자(五味子)의 자가제(自家製) 수프

차가운 중화면은 우리 나라의 독특한 음식이다. 누구나 여름이 되면 한번쯤은 먹는다. 어쩌면 자신의 집에서 만드는 보다 맛있는 찬 소면이 강정회춘(強精回春)과 기침이나 담 멈춤, 여름 감기 방지에 도움이 되고 무더운 여름을 이기는 약식 건강법이라고 할 수 있다.

그를 위해 오미자의 수프를 사용한다. 그것은 천연의 신 맛 중에 건강에 빼 놓을 수 없는 양질의 사과산, 구연산, 주석산을 포함하여 피로회복과 중추 신경의 흥분에 발군의 작용을 한다.

그리고 수프에도 대추를 넣는 것도 잊지 않도록 한다. 자연의 감미(甘味)가 산을 완화시켜 맛이 부드러워진다.

여기에도 강장과 정신 안정의 작용이 강하다. 밖으로 먹으면 설탕물을 마시는 것과 같은 단맛에 질리는 경우가 많다. 또 질 나쁜 초로 명치가 쓰린 경우도 있다. 모두 건강에 좋지 않다.

오미자에는 여러 가지가 있으나 우리 나라의 평안북도 산이 평가가 좋다.

대추는 중국 하북성 석가장산의 대추가 좋다. 엄지 손가락 크기의 열매가 보통인데, 이것은 아기의 주먹 만한 크기로 약효가 높다. 최근까지 나라 밖으로 나가는 것이 금지된 보호 식물이었다. 오미자를 말려 검게 된 열매를 가볍게 한줌 물에 넣는다. 핑크의 액이 만들어지면 대추를 넣고 면에 끼얹는 것이다.

참깨 기름이 맞는다. 그 뒤는 기호에 따라 미역, 오이, 달걀, 생강 등을 얹는다.

대륙계의 강정 약용주로 '북 오미자주(北五味子酒)가 유명한데 요리에 사용하는 것도 간단하여 좋다. 오미자나 대추도 한방 약국에서 손에 넣을 수 있다.

류마티스, 담에
도꼬로마

언제나 담이 끊이지 않고 고양이같이 목에서 소리가 나는 증상이나 류마티스, 요통, 관절의 통증에는 다소 상급 코스이지만 산비해(山卑薢)를 사용한다. 유명한 산약 즉 참마의 형제인 만큼 효과가 강하다. 산약은 강장 목적으로 중요한 보약의 임무를 다하는 것에 비해 산비해는 정통주의 약이다. 식용도 되지만 약용의 목표는 조여져 있다.

만추에 뿌리를 파 내어 물로 씻은 후 말린다. 10그램 정도를 컵 3잔의 물로 조려 하루에 3회 분으로 나누어 먹는다. 위 약도 되므로 위를 상하지 않는다. 이 점도 유리하다.

난치병은 한두 가지의 요법이 효과가 없다고 해서 포기하는 것은 조급하다. 상성(上聲)이 좋으면 싹 낫는 예는 얼마든지 있다. 담이 언제까지나 남는 감기는 백폐탕(白肺湯)의 메뉴를 응용하면 좋다. 돼지 고기의 폐를 정육점에서 구하여 물로 잘 씻어 깨끗이 수프를 만든다.

깨끗해진 흰 폐를 잘라 삶을 때 산비해 조각을 가한다.

완성되면 다른 작은 접시에 콩과 참깨를 갈아 넣은 간장에 찍어 먹는다. 또 수프를 먹는다.

기관지나 폐가 낫는 더할 나위 없는 약용식이라고 중국 민간에서 옛날부터 애호된다. 돼지 고기의 폐는 높은 들의 도부맛으로 맛있다. 목의 연골은 진미 중의 진미이다.

감기가 아니어도 류마티스나 관절염에도 같은 메뉴로 좋다.

조리기만 하면 질린다. 참마는 잎이 대생(對生), 도꼬로는 호생(互生)이라는 차이는 있으나 보기에는 같다.

우리 나라의 산야에도 많이 있다.

가이록(訶梨勒)으로 담배, 노래로 지친 목을 산뜻하게(개운하게)

우리 나라의 그 옛날 왕조의 비약으로써 사용되었던 가이록(訶梨勒)은 현재도 동양 의학에서 주약(主藥)의 자리를 유지하고 있다. 사군자과의 과실을 말린 것으로 얼핏 치자나무의 열매를 연상시킨다. 조린 액을 마시면 만성 후두염에 이용되고, 자궁내막염, 양성 자궁점막, 포리프, 질염, 장 트러블을 치료한다.

고대인의 지혜에는 깜짝 놀랄 뿐이다. 스리랑카의 토산물로 다소 떫고 쓰다. 현지에서는 산부인과 일반, 남자의 강정과 간장 보호에 좋다고 하여 카레 요리에 상용된다. 이 외에도 동과 식물 베레릭미로바랜을 상식하면 같은 효과를 볼 수 있다. 등대풀과 마랏카노키의 열매를 믹서하면 바라문 고의학의 강장 강정의 장수약 '토리파라'가 된다.

그런 중요한 역할을 점유하는 것이 가이록이다. 단독으로도 충분히 약화(藥化)를 발휘하고 소화 촉진과 변비 해소의 작용도 강하다.

홍콩 광동의 여성에게 압도적인 팬이 많고 단품으로 사용하거나 탕재(약용 스프)에 넣어 마신다. 가이록을 넣은 탕재는 때에 따라 천차만별이고 대합 약재도 그야말로 다채롭다. 대략 인도 방면에서 대륙으로 들어갔다고 생각되는데 3종 선과(仙果)의 혼압약 '토라파라' 는 누구도 모른다.

이것은 소화 과정에서 강한 개성을 발휘한다. 따라서 단품 사용이라면 몰라도 믹스 조제는 전문가에게 맡기는 것이 최고이다. 담배나 노래로 목이 상했던 것이 산뜻해 진다.

천식도 완치(完治)하는
10일 요리

천식을 고치는 데 먹는 민간약으로 귀중하다.

백합과의 패모(貝母)와 구기자 나무의 열매를 넣고 닭을 삶는다. 닭 1키로그램에 대해 패모 30그램, 구기자 나무 열매 한줌의 비율이 적당하다. 10일 동안에 나누어 먹는다.

내장을 뺀 양질의 닭을 한 마리 통채로 사용하는데 10일 동안 은은한 불에서 계속 삶는다. 그러므로 통칭 10일요리(十日料理)라고 하는데 치료 효과는 훌륭하다. 천식이 고쳐지는 것은 좋다 하더라도 정력이 붙어 곤란하다. 추운 계절에는 뜨거운 닭으로 따뜻해 지는 찬 닭으로 한다.

모든 스픈으로 뼈까지 풀 수 있을 정도로 삶는 것이 요령이다. 패모는 품위있는 꽃을 피우는 둥근 뿌리의 콜크 껍질을 벗겨 버리고 소석회를 온통 묻혀 말린 것을 팔고 있다. 정원에 있으면 날 것으로 사용해도 상관없다.

다만 강한 알카로이드 작용이 있으므로 난용(亂用)은 하지 말아야 한다. 10일 요리라면 안전하고도 유효한 것이다. 조리로 만들어 두고 천식 발작의 징조가 있으면 곧 먹는다. 억제에서 근치(根治)에 이를 가능성이 크다.

어떤 학자는 어릴 때부터 걸렸던 천식이 나이가 듬에 따라 심해져 심각했었으나 이것으로 완치에 이르렀다.

약물의 부작용으로 벗겨졌던 모발도 회복되고 위와 간장 및 심장의 기능도 좋아졌다. 일생 다리를 펴고 잘 수 있게 된 것을 감사하고 있다.

감기도 걸리지 않게 되었다고 한다. 술 안주로써도 지극히 품위있고 심하게 취하는 일도 없다.

천식에 옹초(瓮草)의
뿌리 즙

옹초(瓮草)는 천식의 명약이다. 전체가 솜 모자를 쓴 것과 같이 흰 털로 뒤덮여 있고 특히 민들레처럼 결실이 맺으면 새하얗다. 그러므로 백발 노인이라는 이름이 붙었다.

우리 나라의 고법에서 전초(全草) 즉 꽃, 줄기, 잎, 뿌리의 모두를 사용하여 20그램을 삶아낸 액을 하루에 3회로 나누어 먹는다. 중국에서는 뿌리만을 사용하는 것 같다.

예를 들어 어느 독자의 편지에 의하면, 어렸을 때 언제 죽을지 모를 심각한 천식에 걸렸다고 한다. 지나가던 노인이 닭의 볏의 피를 한 잔 짜내어 우선 그것을 먹인 다음 옹초뿔의 즙을 마시게 하라고 가르쳐 주고 사라졌다. 천식이 1주일도 지나지 않아 깨끗하게 완치되었다고 한다. 지금도 백발의 그 노인이 신인지 선인지 알 수 없다고 한다.

천식외에도 열이나 출혈을 동반하는 설사에 효과가 있다. 배를 잡고 구르며 괴로워하던 환자가 즙으로 완전히 나은 예도 많다. 만일 약으로도 안되면 옹초에 도전해 보자. 너무 황량하지 않은 하천의 상류 유역에 성장한다.

가끔 꽂꽂이 때 만나게 되는데 버리기에 아까운 느낌이 드는 야초(野草)이다. 창이나 칼 때문에 생긴 상처 치료에 즙을 마셨다는 기록이 남아 있다.

치질에는 생 뿌리를 바른다. 같은 방법으로 지금은 별로 없는 백선을 치료했다. 산에서 자란 사람은 기억 있을지도 모르지만 백선의 특효약 취급을 받고 있었다.

이렇게 보면 옹초는 상당한 효용을 갖는 약초이다.

독성(毒性)은 없다. 천식과는 빨리 인연을 끊는 것이 좋은 것이다.

감기, 천식에 배의 각종 효용(效用)

배(梨)의 계절에는 몇 가지 중국 처방을 알아 두면 도움이 된다. 끝없는 권력욕과 쾌락을 추구했던 청(淸)의 서태후도 건강의 위기를 몇번이나 배로 넘겼다.

열성(熱誠)의 변비 : 장에 열을 지녀 변이 통하지 않게 되고 어깨 결림과 두통으로 발전하는데, 이때 배의 주스와 대황액을 마셔 퇴치시킨다.

황음(荒淫)에 의한 살갗 터짐과 눈 아래의 패임 : 호두 가루의 감미료에 배를 사용한다. 이것에 의해 아름다운 살갗과 성욕의 감퇴를 회복 시킨다.

감기의 기침과 목 아픔 : 배를 어름사탕으로 삶아 스푼으로 즙과 열매를 떠 먹는다. 아름다운 살갗과 마찬가지로 신경 쓰이는 아름다운 목소리가 돌아온 직후 이 응용형이 중국에서 인기를 불러 일으켰다.

예를 들면 천식에 배의 상부를 딱 자르고 심부(芯剖)를 빼어 참개구리 말린 것을 넣어 자른 부분을 뚜껑으로 하여 부드럽게 될 때까지 찐다. 개구리가 싫은 경우는 흑설탕으로 바꾼다, 충승에 전해지는 검은 시조당이나 박하당을 사용하면 더욱 효과가 오른다.

단 여기에 패모를 5그램 정도 가하면 본격적인 천식 치료가 가능하다. 악질적인 천식이나 담을 없애는 데도 명약이다.

호흡 중추에 작용하는 작용이 강함으로 5그램이 어른의 최고 한도량이다. 어린이는 반 정도. 배의 정폐(淨肺), 정혈(淨血)의 상승 작용으로 효과가 매우 좋다. 체내에 쓸 데 없는 열이 사라져 편해진다.

천식은 아니지만 홍콩 감기는 이것을 먹으면 한번에 치료 되었다.

중국은 배와 인연이 깊어 백낙천의 「장한가」의 '배꽃 한 가지, 봄비를 맞는다' 의 일절이 떠오른다. 꽃도 좋지만 열매도 맛있다.

후박(厚朴)나무는 천식이나
중풍의 예방약

스트레스에 의한 위의 통증이나 쇼크로 일어나는 심한 떨림, 입덧과 기침의 경감에 당 후박(唐厚朴)이 중국의 가정약으로 유명하다.

그쪽에서 자라는 후박나무의 수피(樹皮)를 말려 사용한다. 예를 들면 반하우박탕(半夏厚朴湯). 이것을 3그램, 반하 6그램, 복령 5그램, 생강 3그램, 소엽 2그램에 섞어 먹는다.

하루에 3번 식후 복용으로 천식 발작도 누르고 현기증이나 심장의 두근거림을 동반하는 불안신경증 및 불면증을 치료한다. 중풍의 떨림도 막는다고 한다. 아무튼 중증에 이를 병을 억제하는 특수한 보건약이라고 이해할 수 있다.

중풍의 떨림을 멈추는 것보다 중풍을 예방하는 편이 훨씬 좋다. 그런 감각으로 이용하는 것이 당후박의 특징이라고 할 수 있다. 따라서 반하후박탕과 같은 복합제도 좋지만 단품을 차 대신으로 마시는 것도 한 방법이다. 하루에 10그램 정도를 만들어 다른 차 중간에 마시는 것이다. 심신(心身)이 왠지 안정된다.

어느 90세를 넘긴 노인은 70세가 넘어 이 후박나무차를 시작했는데 그 이래 감기나 요통을 잊었다고 한다. 위장은 언제나 가뿐하여 중풍이나 심장병이 걸리지 않았다고 한다. 그 노인의 경우는 정원에 솟은 후박나무의 껍질을 조금씩 사용했다.

후박나무차는 목련과 식물 특유의 희미한 향기가 있어 풍아(風雅)하다.

과실의 계절에는 참마와 조려 먹는 것을 즐긴다.

강정강장제(强精强壯劑)이다. 원래가 건강한 노인이지만 상대 여성에 따라서는 일전도 사양하지 않는다고 한다. 다리, 허리가 약해지지 않는다.

천식의 격증발작(激症發作)에
감초마황탕(甘草麻黃湯)

천식은 격렬한 발작을 동반하기 때문에 본인도 가족에 있어서도 공포의 대상이나 감초마황탕(甘草麻黃湯)을 터득해 두면 안심할 수 있다.

단 2종류의 진액이므로 간단하다. 특효약인 마황 4그램과 감초 2그램을 한 컵의 물이 반이 되게 조려 뜨거울 때 먹는다. 그것 뿐이다. 폐와 위장이 뒤집혀 밖으로 튀어 나올 것 같은 격렬한 발작도 곧 멈춘다. 따라서 천식은 아니지만 이 세상이 끝날 것 같이 생각되는 심한 기침도 가라앉는다.

단 마황탕은 에페드린을 포함하는 강한 약초이므로 예방 목적으로 난용해서는 안된다. 몸의 상태가 좋지 않아 이것 이상하다, 또 왔나 싶을 때 마황이 든 수프를 먹는 것이다. 체질 개선을 하면서 발작을 억재하는 최량(最良)의 처방이다. 드디어 마황의 신세를 지지 않고 지낼 날이 가까워 진다.

감초에는 혈액의 더러움을 제거하고 다른 약제의 모난 면을 조화있게 만드는 작용이 있어 중국 의학에서는 항상 얼굴을 내미는 약초이다. 굳은 몸을 풀어 편하게 만들어준 다.

우랄 감초, 러시아 감초 그 외 몇가지 종류가 있다고 하는데 구할 때는 그냥 '감초' 라고 하면 된다. 말린 뿌리를 사용한다. 성분에 부신피질 호르몬과 같은 작용을 갖는 그리틸리틴 등이 인정되어 옛날부터 사용되고 있었으나 새삼스럽게 주목을 받고 있다. 동맥경화도 예방한다. 이렇게 보면 감초 마황탕은 어느 약재나 주역으로 왕과 여왕이라는 관계에 있다.

화학 약품과 달리 간장장해(肝臟障害)를 일으킬 염려는 없다. 오히려 강하게 한다. 천식은 두려운 병이지만 약의 효능도 대단하다.

천문동주(天門冬酒)로 폐(肺)까지
산뜻하게, 감기를 모른다

감기에 걸리는 체질 즉 호흡기관이 약한 사람은 천문동주(天門冬酒)를 준비해 두면 좋다. 저명한 중국 민간약이므로 재료는 구하기 쉽다. 만드는 방법도 간단하다.

백합과(科)의 풀삼목덩굴의 뿌리 200그램을 1.8리터의 강한 소주에 담그고 1개월 이상 방치해 두면 약용주가 된다. 한 잔에 약 20그램을 1회의 양으로 아침 늦게 마신다. 가족 공인의 아침 술이다.

목에서부터 폐까지 산뜻하고 담배의 진까지 사라지는 느낌이 든다.

심한 기침과 담이 멈춘다. 간장의 상태가 언제나 건강하지 않고 왠지 몸이 찌푸등한 느낌이 드는 경우에는 특히 효과가 있다. 감기의 진짜 원인은 복잡괴기(複雜怪奇)하여 지금도 알 수 없는 면이 있다. 그러나 간장이 약하면 걸리기 쉽다. 또 감기를 앓은 후에 신우염 등이 많이 발병하는 것은 그것으로 잘 알 수 있는 사실이다.

그러므로 단순히 감기를 치료하는 것 뿐 아니라 간장의 활성화에 공헌하는 천문동주는 바람직한 것이다. 강장 작용이 있는 것이다. 물론 오랜 역사를 갖는 민간약인 만큼 약용주에 한정되지 않고 여러 가지 처방이 있다.

그러나 일반적으로는 이것이 가장 성가시지 않아 좋은 것이다.

한 병으로 대상 범위의 제 증상이 치료된다. 원식물인 풀 삼목덩굴은 방총 반도의 해안에서 볼 수 있다. 흰 작은 꽃이 핀다.

험한 날씨와 감기를 무엇보다도 두려워하는 어부들이 주로 애음(愛飮)하고 있다. 남지나해에서 날뛰던 중국 해적의 상비약이었다고 홍콩 정부의 기록에 나와 있다.

약효의 침출(浸出)이 급할 때는 말린 뿌리를 적당히 잘라 담군다.

한동안 마시면 몸의 냉기가 없어지는 것을 자각(自覺)할 수 있다. 구기자 열매를 세 컵 정도 혼입(混入)하면 더욱 효과가 난다. 맛도 좋아진다.

기침 멈춤, 목 손상에
황촉규(黃蜀葵)

황촉규(黃蜀葵)는 중국 민간 사이에 익숙한 이름이다.

이전에는 가을에 씨앗을 모아 조려 임파선 병에 이용했다. 현재도 변경에서는 사용하고 있는 것 같다. 라마 사원의 정원에 월견초와 무궁화의 혼열과 같은 아름다운 꽃을 피우고 있었다. 이뇨작용(利尿作用)이 강하다.

일반적으로 주효(主效)는 목의 통증, 구강염, 기침 멈춤에 있다. 모두 뿌리를 약용부로 사용하는데, 말려서 조린다. 연회에서는 노래로 목이 아픈 정도의 후두염이면 곧 낫는다.

구강염이나 혀의 상처에도 효과가 있다. 꽃의 관상으로 재배가 되었던 시기가 있었다. 약용으로 이용하는 것도 좋다.

한 번은 마시고 그 뒤는 헹군다. 입안에서부터 목에 걸쳐 산뜻한 기분이 든다. 단, 편도선과 같은 악성은 목의 통증에 그다지 효과가 없다. 따라서 황촉규의 과신(過信)은 금물로, 이 경우는 치자나무의 열매가 최고이다. 어린이가 열도 없는데 목의 통증을 호소하거나 할 때에는 황촉규가 좋다.

경증(輕症)의 목 통증 정도로 치자나무 열매를 먹게 하면 너무 써서 막상 편도선염으로 고생할 때 거부 반응을 나타낸다. 그러므로 경미한 기침이나 목의 염증은 황촉규-이런 구분을 하는 것이 편리하다.

또 성병 등과 관계는 없어도 검은 씨앗을 채집해 두면 도움이 된다. 여러 가지 방법을 써도 소변이 나오지 않아 곤란한 경우에는 보물과 같은 존재이다.

민간약의 재미있는 면이라고 할 수 있다. 우리 나라에서는 약용으로 뿐만이 아니고 풀로도 사용되어 이미 유명하다. 이것은 아욱과의 식물이다.

남자는 괴로울수록
도움이 된다

천궁(天芎)이 든 카레로 심신(心身)의 상태를 좋게 한다

장마 때부터 여름에 걸쳐 정신 불안정 및 식욕부진, 두통, 성욕 감퇴는 천궁(天芎)을 넣은 카레라이스로 제동을 건다.

천궁은 정신 안정과 강장 및 산부인과계를 주효(主效)로 하는 중국의 유명한 약이다. 미나리과의 마르바트우끼의 뿌리를 사용한다. 우리 나라에서도 지명도는 높지만 강한 한방 냄새가 아무래도 익숙치 않다.

또 단독 사용법이 지금은 확실치 않다. 그런 이유로 잉어 요리에 쓰는 데 머물렀다. 싸고 효과가 있어 좋은 것이다. 분말을 입수하여 5인분의 카레에 큰 숟가락 가득 2개를 넣는다. 독특한 냄새는 완전히 사라지고 맛을 깊게 한다.

명약 천궁을 사용하는 데는 이 이상의 좋은 방법은 없을 것이다. 어린이의 초조함도 고친다.

따라서 가족이 모여 이 건강식을 시식(試食)한다.

또 카레 가루 자체가 각종의 약초에 조합으로 되여 있는 것이다.

예를 들면 황색의 주체는 우엉으로 건강에 좋다. 이논드=건위(健胃), 구민=건뇌(健腦), 코엔드로=기관지계, 니쿠즈크=정력제, 코로하=열이라는 식이다. 심오한 인도 철학도 카레라이스 한 접시에는 따를 수 없다는 말이 있는 데, 그야말로 맞는 말이다. 여기에 천궁이 가해져 상승 작용을 발휘한다. 심신이 좋지 않은 상태는 즉효적으로 나아 버린다. 인도의 독립의 영웅 챠드라 · 보스도 전투 의지를 높이기 위해 이것을 썼다고 한다.

카레의 중심 부분은 닭의 토막인데 스프 단계에서 천궁을 넣는다. 활력이 넘친다.

청상주(靑箱酒)는 향정신약(向精神藥), 노이로제도 해소(解消)

　강도(强度)의 노이로제 및 불면, 거식증(拒食症), 역상발작(逆上發作) 등의 신경 장해에 청상주(靑箱酒)가 효과가 있다. 이것은 노게이토우의 씨앗 및 복령을 넣어 만드는데, 7대 3의 비율이다.

　강한 소주를 사용한다. 한방에 있어서 향정신약(向精神藥)으로 화학 약품과의 차이는 자칫하면 지나친 효과를 낼 염려는 없고 정신의 안정, 건뇌(建腦)에 필요한 강장(强腸)을 동시에 가져온다는 점이 있다. 청각이나 시각도 좋아진다.

　인도 원산인 노게이토우는 열대 지방의 야생 식물로, 노망의 예방과 치료에 사용한다.

　의식이 집중과 분산이 적당히 작용하여 일이나 공부, 성생활에 열중하게 만든다. 깜박 잊는다는 것은 현대 사회에 통용되지 않는다.

노게이토우의 씨앗만으로 만드는 경우도 있는데 효과는 마찬가지이다. 따라서 원숭이앉음과(科)의 복령 균핵을 가하는 것이 요령이다.

이것으로 위의 상태는 좋아진다. 그리고 어리석게 많이 먹는 현상은 사라진다. 초대식(超大食)이라는 거식증은 표리일체로 어느 편도 뇌신경에 나쁘다. 야단을 쳐 보아도 소용이 없다.

소주 1.8리터에 씨앗을 200그램, 복령 60그램을 넣는다. 어름 사탕을 가해도 상관 없는데 없으면 그대로 한잔을 하루에 2번 먹는다. 맛이 맞지 않는 경우는 다른 감미로운 과실주 예를 들면 파인이나 딸기주와 칵테일로 시험해 본다. 어려운 노이로제 환자도 싱글싱글 웃으며 먹을 것이다.

이것이 치료하기 위한 암야(暗夜)의 한 등불이다.

정신 안정제의 난용으로 위를 상하고 점점 신경이 초조해지는 사람은 이것에 의해 회복을 가하는 것이 좋다. 뇌가 상하면 죽은 것과 마찬가지이다.

정신 안정과 강장(强壮)의
명약(名藥) 복령(茯笭)

송이버섯의 계절이 되면 복령(茯笭)이 든 요리를 손수 시험해 보자. 송이버섯 밥이나 송이 버섯구이에 적합한데, 정신 안정제와 강장 건위의 명약이 좋은 맛에 녹아 약효를 얻을 수 있다. 특별한 조제도 필요하지 않다. 1회 분에 10그램의 복령을 쌀로 넣은 단계에서 거즈로 싸 담구거나 송이버섯과 삶는다. 분말이라면 거즈도 불필요하다.

한방 지식이 성한 히로시마에서는 향토 요리인 '나바반'에 응용, 여름에 지친 심신을 되살리고 있는 이것은 송이버섯과 닭을 술과 장으로 삶아 인삼이나 우엉으로 밥을 하는 야생적인 밥이다.

맛에 저항감이 없는 복령인데 나비반에 있어서 완전히 일체화(一體化)한다. 송이버섯 자체가 신경을 완화시키고 강장에 도움이 되는 음식으로 상승 효과를 노린 선조의 지혜라고 생각된다.

복령은 소나무 뿌리에서 생기는 원숭이앉음과(科)의 균핵(菌核)이다. 송이버섯과는 인연이 깊다. 고구마 정도의 크기인데, 현재는 산출량이 격감하고 있다.

또 복령은 이상한 갈증, 심장의 두근거림, 폐뇨, 현기증에도 유효하여 그런 증상에 사용하는 유명약 중 예를 들면 팔미환 등에 포함된다.

요리로 친숙해 두면 좋다. 건강할 때 한방의 명약을 사용하는 것이 좋은 것이다.

원지탕(遠志湯)으로 정신적 불안이나 초조 해소

    상당히 강도(强度)인 신경쇠약, 노이로제, 자율신경의 실조(失調)에 의한 병적 조루는 원지탕(遠志湯)으로 치료할 수 있다. 기본 조제는 원지 5그램, 석각, 황기, 당구, 산소인, 맥문동 각 4그램, 중국 인삼과 복령이 3그램 씩 및 감초 2그램을 하루 양으로 하여 섞어 조린 액을 3회로 나누어 먹는다.

    실제로는 대단치도 않은데 불안해서 잠을 잘 수 없거나 식욕도 성욕도 대폭적으로 감퇴되는 경우에 훌륭한 효과가 있다. 구원의 신이다.

    주약(主藥)인 재료는 몽고 등에서 나는 하이히메하기의 뿌리로, 심부(芯剖) 부분을 버린 육원지(肉遠志)를 이용하는 편이 성적인 트러블에 한층 효과가 있다.

    그리고 해결을 빠르게 하고 이전보다 훨씬 심신의 강장을 유지하려면 원지탕을 사용한 소 심줄 요리를 가끔 먹는다.

자율신경의 조직은 주로 아미노산의 로이신으로 구성된다. 소의 심줄이 다량으로 포함하고 있다.

그러므로 원지탕을 푹 끓여 좋아하는 맛을 내어 먹는 것이다. 술 안주로 좋고 밥에도 좋은 서민적인 절품(絶品)을 맛볼 수 있다.

남녀 모두의 성적 장해를 치료한다. 홍콩에서는 이것은 비법(秘法)도 아무것도 아닌 평상식이다. 상승 작용이 매우 강하여 음울한 과거의 인생과 인연을 끊을 수 있다. 신경의 초조는 체액(體液)을 산성으로 더럽혀 그야말로 만병의 원인이 된다.

분명히 말해 화학 약품으로는 치료할 수 없다. 원지탕 또는 그것을 응용한 소 심줄 끓여 먹는 것을 시험해 보자. 심신의 이상이 해소된다.

위(胃)를 상하지 않고 불면(不眠)을 치료하는 대추 수프

바쁜 연말 등에는 누구나가 피로에 쌓인다. 술과 수면으로 해소할 수 있을 때는 좋지만 극도의 심신 피로에 있어서는 잠을 잘 수 없다. 모처럼의 술로도 얼굴이 파랗게 되고 눈은 핏발이 서면 이미 병 일보 직전이다. 옛날부터 정평이 있는 산소인탕(酸素仁湯)으로 위험을 없애주고 새로운 해를 맞는 것이다.

약물이라기보다 건강 수프에 친해진다는 생각으로 먹는 중에 자연스럽게 낫는다.

전신을 강장(强壯)하고 신경 쇠약이나 불면증을 치료하는 것으로 신에 비유했다. 악몽에 시달리거나 자면서 땀을 흘리거나 바람 소리에도 떠는 불안 신경증과 인연을 끊을 수 있다.

주재(主材)는 사마부토 대추이다. 우리에게 익숙한 대추의 원종적 존재로, 씨앗 부분이 커서 식용으로는 적합치 않다.

그 씨앗의 내용이 약재이므로 그야말로 약용 대추라고 생각하면 좋은 것이다.

신맛이 강하다. 따라서 보통 어름 사탕과 함께 알콜에 담구어 침출액(浸出液)을 먹는 것이 일반적인데 식용에는 맞지 않는다.

그러므로 잘 조제된 산소인탕을 이용한다. 자연스러운 쾌감으로 잠을 청할 수 있다. 시중에 수면약은 많이 있어도 자신을 갖고 권할 수 있는 것은 없다.

이것이면 안심할 수 있다. 위를 상할 염려만 하지 않으면 가정 상비약으로 좋다. 목을 안정시키고 가벼운 기침이나 담을 막는 부차적 작용을 갖고 있다.

현재 우리 나라에서 대륙으로부터의 도래종이 기운차게 뿌리를 내리고 있지만 사실은 수입품이 대부분인 것 같다.

불면증은 망상만이 발달하여 좋은 결과를 낳을 수 없다.

산소인탕은 신뢰할 수 있다.

화를 잘 내는 사람은
큰실말게 수프

토끼 해에 태어난 남자는 오름길에서는 하늘을 모르는 행운을 잡지만 일단 내리막길이 되면 와르르 무너져 버린다.

즉 낭만적이고 약한 마음이 다른 사람에게 이용당하기 쉽다. 이들에게는 노이로제, 위장질환, 포텐스 부족이 많은 것도 특징이다.

대담한 신경을 갖고 뇌의 안정화와 위장 강화로 스태미너 인간이 되기 위해서는 진해(津蟹)가 좋다고 중국 약선에서 설명한 바가 있다.

큰실말 게류의 일반적인 총칭으로 분말을 사용한다. 햇볕에서 바싹 말려 가루로 만든다.

요리에 끼얹거나 수프로 먹는다. 요는 게 껍질에서 나오는 칼슘 요법이라고 이해하면 좋을 것이다.

큰실말 게류는 작은 몸집으로 껍질은 부드럽다. 위궤양

의 초기라면 치자 나무를 다진 액에 긴해의 분말을 넣어 먹으면 좋은 효과를 얻을 수 있다.

생것이나 구워 먹는 것 어느 쪽으로든 상관 없으나 보건 강장(保健强壯)을 주체로 생각하려면 생것 쪽이 유리하다.

곧 머리가 피로해 지거나 화를 잘낸다는 것을 자각하는 경우에 진해식은 더할 나위 없이 좋다. 여성이나 어린이도 건강해 진다.

이전에는 멸치를 쪄서 말린 것을 먹으면 좋았으나, 식습관의 변화 및 약품 기미(氣味)가 있어 싫다는 사람이 많아 현재에는 이쪽을 더 많이 이용한다. 밀감 말린 진피(陣皮)와는 맛이 맞는다.

양념을 만들어 식탁에 두어도 일품이다. 체내의 독이 사라진다. 민간의 적절한 칼슘제이다.

부작용 없이 자연스럽게 자려면
안신환(安神丸)

　불면증의 자가요법으로 화학 약품을 이용하면 그만 습관화가 되는 예가 보통이다. 치료도 되지 않고 몸 여기저기가 이상해 지는 것은 견딜 수 없는 일이다.

　또 운전자에게 작용이 잔존(殘存)하면 곧 참극이 벌어진다. 한번 한방 수면약 안신환(安神丸)을 시험해 보면 좋다.

　곧 잠으로 빠져드는 즉효성(卽效性)은 없지만 옆으로 누워 쉬고 있는 중에 작용이 된다. 그것에는 의존할 수 없다고 서둘러 생각하는 것은 잘못으로 만성 두통, 현기증, 강박 신경증 등 불면의 원인을 해소하는 데에 안신환의 특징이 있다.

　따라서 근치(根治)의 첩경이라고 할 수 있다. 표준적으로는 주사(朱砂)라는 광석약이 포함되고 이것은 정신 안정을 주역으로 하는 천연 황화수은이다. 보기에도 빨간 모래이다.

지황, 당귀, 황련, 감초가 조제의 기본이 된다. 만일 심장의 두근거림이나 이대로는 미쳐 버릴 것 같은 고뇌를 동반하는 불면(不眠)이면 우황(牛黃)이라는 소의 담석을 함께 복용하면 안정된다.

모두 지친 뇌신경의 장난이므로 염려할 것은 없다.

진정(鎭靜)과 강장(强壯)의 양면에 작용하고 치료도 빨라진다. 대략 그런 신경의 실조(失調)에 유리하는 증상은 근대 의약의 가장 힘든 부분이다.

물론 각종 약품이나 의술은 발달되어 있으나 한발 나서면 두려움이 앞선다. 전통적인 광석약과 식물약, 그리고 동물약을 다시 보았으면 한다.

또 체질에 따라서는 다소는 연용(連用)하지 않으면 효과가 나지 않는다.

그런 경우는 서두르지 말고 베개 옆에 양파를 자른 접기를 놓아 둔다. 그러는 중에 효과가 있다.

지긋지긋한 아픔이
날아간다

신경통(神經痛), 류마티스에 믹스 감

감(柿)의 약효는 널리 알려져 있으나 단 감과 떫은 감을 반씩 넣은 감 진액은 불로강장(不老强壯), 류마티스, 신경통에 효과가 있는 선약이다.

병에 두 종류의 감을 통째로 넣고 위에서부터 과일초(레몬초 등)를 붓는다.

뚜껑을 덮어 어두운 곳에 두고 3개월 후에 먹기 시작한다. 하루에 한 잔 정도 마시는데, 아픈 환부에는 발라도 좋다. 중국 북부의 전통으로 신선계의 도사가 산에서 애음(愛飮)했다는 소위 '선약(仙藥)'의 개량약이라고 생각해도 좋다.

혈관의 통과성을 높이는 감 독특한 성분 및 초와의 상승효과가 몸의 젊음을 되찾게 하고 귀찮은 고질병(지병)에 작용한다. 중풍에 걸리지 않는다.

손으로 만드는 요령은 감을 그대로 사용한다. 잘 씻어서 좋은 초를 선택한다.

감의 본가인 중국보다 우리 나라의 품종 개량을 한 감쪽이 훨씬 훌륭하고 종류도 많다. 딱딱한 품종을 선택하면 좋은 '감 진액'이 된다.

물론 상품으로써 출하되어 있는 것과는 근본적으로 다르다. 그것은 식품이고 이것은 민간약이기 때문이다. 다행히 제법(製法)이 단순하므로 가정에서 만드는 것이 최고이다.

떫은 감이 몸에 들어가면 변비가 된다고 생각하는 것은 잘못된 생각으로 그 반대이다.

체내에서부터 쓸 데 없는 수분과 염분을 이끌어 내어 배출시키므로 몸이 가뿐해 진다.

옛날 선인이 동굴 등에서 살았기 때문에 류마티스나 신경통이 생기기 쉬웠다. 그러므로 여러 가지 선약(仙藥)이 이어져서 현대에도 도움이 되고 있다. 관절염에도 효과가 있다.

송진과 돼지고기로 류마티스
격통(激痛) 봉쇄

류마티스 치료법에 송진을 사용하는데 복용 예로는 돼
지고기 3장(로스라도 좋다) 약 100그램에 분말을 큰 숟가
락 한개 넣고 소나무 열매를 한 줄 가하여 수프를 만든다.
이것이 일인일식 분이다.

슬슬 비가 오거나 또 눈이 오면 류마티스 환부에 예지
(豫知)가 오는데 이것을 먹으면 그냥 넘길 수 있다. 통증의
발작이 일어 나지 않는다.

다음은 도포예(塗布例)이다. 송진을 냄비로 녹인 데에
돼지 고기의 기름(라드)과 벌꿀을 넣어 끓인다. 데지 않을
정도로 식으면 거즈에 듬뿍 묻혀 환부에 댄다. 기름 종이
로 싸서 그 위에서부터 타올 등 두꺼운 천을 감는다.

아프다고 얼굴을 찡그리고 있던 요정 주인에게 실행했
더니 곧 격통(激痛)에서 해방되어 기뻐했다. 곧 근치(根治)
가 된 것은 아니지만 걱정없이 장사에 열중하고 있다. 접

객 업소 사람들에게는 류마티스가 많다. 이전에는 성병과의 관계를 의심스러워 했다고 한다.

개미나 꿀벌에게 환부를 직접 맡겨 찌르게 하는 방식은 아메리카나 남미 유럽에는 지금도 남아 있는데 조금 과격한 느낌이 들기도 한다. 류마티스 치료에 정평이 나 있는 송진을 주체(主體)로 먹든가 붙이든가 하는 편이 무난한 것 같다.

심한 요통이나 어깨 결림에도 응용할 수 있다. 또 류마티스 그 외에 이유를 알 수 없는 만성적인 통증이 동반되는 병은 송진에만 의존하지 말고 구기자차를 연용(連用)한다. 이렇게 하여 혈액의 정화에 노력하고 이때다 싶을 때에 송진 요법을 쓰면 효과가 든다.

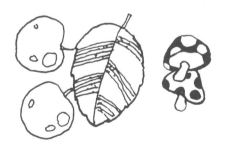

온복(溫服), 온법(溫法)으로 관절(關節) 류마티스에 즉효 방기(防己)

급격하고도 주기적으로 엄습하는 급성 관절 류마티스는 방기(防己)의 가정약으로 고친다.

즉 오오쯔즈라후지의 뿌리로 10그램에 대해 감초 2그램, 마황 2그램을 가하여 주전자로 끓인다.

마법의 병으로 옮겨 온복한다. 이런 사후의 발작 예방은 '방기황기탕(防己黃耆湯)'으로 바꾸어 운신도 할 수 없던 관절을 달래면서 완전한 치유로 이끈다. 어느쪽의 주약(主藥)도 오오쯔즈라후지임에 변함이 없고 허리에서부터 아래의 관절에 특히 효과가 있는 만성 약초이다.

민간의 병용예(併用例)에서는 자른 것을 동량의 소금과 후라이팬에서 볶아 넣어 예를 들면 무릎에 감고 또는 허리에 댄다. 일종의 중국 온법으로 통증은 급속히 없어진다. 살갗이 뜨거울수록 효과가 있다. 차가워지면서 다시 작업을 반복한다.

무릎은 통증 때문에 움직이지 않으면 굳어져 버린다. 방치해 두면 그대로 콘크리트에 묵힌 것처럼 모든 가동성(可動性)을 잃는다.

그야말로 비정하다. 의지만으로 전신 운동은 할 수 없다. 그런 경우에 온법의 도움을 빌려 실시한다.

또 온법의 다른 예인데 방기탕이나 방기황기탕을 만들 때 짙은 천에 묻혀 환부에 감아도 좋다.

부신피질 호르몬의 투여와 안정만으로는 안타깝게도 류마티스가 낫지 않는다. 오오쯔즈라후지에서는 이들 나치병에 대처할 수 있는 화학 신약이 추출되었다. 고대인의 지혜에는 놀라운 것이 많다.

이뇨 작용이 강하여 부기 제거에도 탁월한 효과를 나타낸다.

이젠 우리 나라 일부에서 오오즈라후지는 아오쯔즈라후지의 하등품이라고 여겨지던 시기가 있었는데 잘못이다. 용도가 다르다.

배 불리 먹고 류마티스도 치료하는 율무죽

류마티스 관절염으로 식욕도 나지 않는 사람의 의료식으로 율무가 든 당귀죽을 권하고 싶다. 통증에 신경이 쓰여 식욕이 없거나 극약 사용으로 위가 상해 있으면 성가신 식사 제한을 당한다.

이래서는 먹고 싶은 의욕이 나지 않는 것이 당연하다. 그러나 단식 요법도 아니므로 먹지 않으면 악화 일변도로 걷게 된다.

추운 계절에는 특히 그렇다. 자신도 모르게 손을 뻗게 될 정도로 맛있고 동시에 특효약을 무리없이 흡수하는 것이 이 죽이다. 향기가 높은 율무가 주재(主材)이다. 하룻밤 물에 담구어 둔다.

정혈(淨血), 진통의 작용이 강한 당귀의 근육이나 관절의 굳은 가을 풀어 주는 마황 및 이뇨의 진통에 잘 듣는 술을 각 2그램씩을 준비한다. 그리고 작약이나 가지(佳枝),

감초의 부재(副材)를 각 1그램 준비하여 약제만 헝겊에 싸 닭의 토막과 함께 삶는다. 농도 짙은 스프를 다른 냄비로 옮기고 율무죽을 만든다.

조미는 장과 소금 기호에 따라 참깨를 치고 파를 뿌린다. 율무 한컵에 찹쌀 반량을 가하면 맛있다. 1회나 2회로 나누어 뜨거울 때 먹는다,

여러 가지 약재의 종류가 많으므로 귀찮을 것 같지만 한 방 약국에 주문하면 모두 준비할 수 있다.

따라서 보통 식사 준비보다 오히려 편하다. 증상의 개선이 현저하다. 좀 더 빨리 알았더라면 하는 생각을 하게 될 것이다.

가격은 전부 합쳐도 비교적 싸다. 류마티스나 관절염은 먹고 적당히 운동을 하지 않으면 현 상황에서는 완전한 치유는 곤란하다.

12장
감기

옆의 재채기도 걱정이
되지 않는다

초기의 감기에 절대 효과,
홍콩류(香港流) 자양식(滋養食)

　감기 초기에 절대적인 효력을 나타내는 홍콩류의 치료식은 피로 회복과 강정(强精)으로 연결되는 즐거운 메뉴의 하나이다. 즉 효력이 즉각적으로 나타나서 좋다. 냄비에 참기름을 넣어 뜨겁게 한다.

　생강과 마늘 각 1조각 및 파 토막을 여우색으로 될 때까지 볶는다. 거기에다 닭 뼈(돼지고기 뼈라도 좋다.) 스프를 붓고 준비한 삶은 달걀 3개를 껍질을 벗겨 넣는다. 15분 정도 끓여 컵 한잔의 술과 초에 절인 구기자 열매를 큰 숟가락 하나 넣으면 모든 것은 끝난다. 소금 조미가 맞는다.

　이상은 1인분의 1회량 기준이다. 통상 이것으로 나아 버리므로 두 번 할 필요는 없다. 1회분만 만들면 된다. 저쪽의 삶은 달걀은 천궁(川芎)을 가한다고 하는데 가까이에 없으면 생략한다.

　구기자 열매는 극히 보통의 초절임을 사용하고 있는데

우리 나라의 경우는 매실 말린 것을 살려 만든 매실초에
담근 구기자 열매를 이용하면 효과는 더욱 발군(拔群)이
다. 다른 요리에도 사용할 수 있으므로 한 병 준비하는 것
이 좋다.

천궁을 생략해도 효과는 있다. 심한 감기라도 먹는 도중
에 땀이 나며 치료되어 버린다.

그런 만큼 초기에 권하고 싶다. 고통스러운 만큼 손해이
다.

홍콩은 공기가 나빠 호흡기관의 환자가 많다. 상상을 끊
임없이 하는 경쟁 사회이므로 감기를 매우 두려워 한다.

그런 점에서 여러 가지 치료약이 발달되었는데 이 특제
수프는 가볍고 효과가 분명하여 최고이다.

끈질긴 감기에 말린 지렁이와
치자나무

대부분 중국약 불신(不信) 경향은 약에서 시작되는 것 같다. 감기에 걸려 유행하는 동양 의학에 의지하였는데, 복잡한 조합(調合)으로 비싸게 구입한 약이 전혀 효과가 없으니 당연히 의문을 갖는다.

그 이유는 간단하다. 너무 전문적이기 때문이다. 무리없이 치료하는데 적합한 속효성(速效性)의 특색이 감기 증상에는 따르지 않는다. 따라서 중국약의 죄가 아닌 것이다.

그러므로 전문적이 아닌 중국 민간의 요법을 소개해 두겠다.

토룡(말린 지렁이) 한줌과 치자 열매 말린 것 10개, 생강 1개 합쳐서 약탕기에 넣고 끓인다.

뜨거울 때 코를 잡고 단숨에 마신다. 모든 감기의 복합 증상이 치료된다. 신과 같은 약이다. 부작용의 염려는 없다. 성인이면 직접 열탕을 마시고 잔다.

포인트는 지렁이를 듬뿍 넣은 것인데 조심조심 조금 사용해서는 약효가 약해 진다. 생약 처리된 제품은 보존이 가능하므로 감기 철에 준비하면 도움이 된다. 또 약만 마시고 내용물은 버리지 않는다. 치료되어도 재발이 염려되는 사람은 또 물을 부어 같은 요령으로 본격적으로 자기 전에 다시 한번 마신다.

두 번 끓여도 효과는 충분하다. 약값은 합쳐도 주사 한 대 값에 미치지 않는다.

이 치료는 갑자기 공복감을 느끼는 것이 특징이라고 할 수 있다. 그런 경우에는 좋아하는 것을 먹는다. 기름기가 있는 양고기 등이 최고로 적합한데 아무 것이나 좋다. 다리부터 탄탄해 진다.

감기인가 싶으면 가볍게 하는
마사지법

초기의 감기 퇴치 예방은 간단한 자기(自己) 마사지법 3 점안교(三占按橋)가 효과적이다.

직장이나 학교에서 할 수 있다. 제1점=코의 양쪽을 문지른다. 두 손의 인지나 한 손의 두개의 손가락을 사용한다. 코 날개에 있는 영향혈(迎香穴)의 자극 효과로 뇌까지 신선한 공기가 통과한다. 제2점=코 아래를 손가락으로 옆으로 마사지 한다. 인중의 급소가 활성화되고 코의 점막 상피의 저항력이 생긴다. 감기 바이러스의 조기 격퇴에 도움이 된다. 제3점=측두부, 귓볼 아래 머리가 난 부분이 목표이다. 가벼운 두통이나 열 등의 감기 제 증상을 치료하는 데 특효이다. 급소 풍지(風池)를 두손의 손바닥으로 문지른다. 이상 3점 모두 뜨거워질 때까지 계속 시행한다.

흉근(胸筋), 배근을 동원하여 다소 오버 액션으로 실시하면 효과가 다르다. 감기 철을 맞이하여 왠지 기분이 무겁고 징조가 나타내면 곧 해 본다. 잘 낫는다. 건강법의 원조(元朝) · 황제는 '나는 백성을 소중히 할 생각인데 세금을 많이 거두어 할 말이 없다. 환자를 보면 가슴이 아프다. 침술 교과서를 갖는 의술의 진보가 도움이 될 것이라고 생각한다.' 라고 「황제내경」 18권을 정리했다. 그중 '영추' 가 지금 전해지는 침술의 급소, 호(虎)의 권이다. 일반 백성은 침술의 전문가도 아니고 또 돈이 들기 때문에 호의 권을 보면서 급소라고 여겨지는 주변을 문질렀다.

초보자가 해도 위험은 없고 노동 중에도 할 수 있었다고 한다. '3점안교' 는 그중 하나이다.

감기는 만병의 원인으로 가난한 사람은 걸려서는 안된다. 그런 절실한 바람이 어려 있다.

기침 막는데 비타민이 풍부한
금감(金柑)

　　원산지인 중국명 금감(金柑)이 그대로 불리우는 민간약
으로 친숙하다. 금감은 이용법 한가지로 겨울의 가족 건강
을 지키는 중요한 존재이다. 껍질 그대로 먹으면 작은 알
갱이이지만 풍부한 비타민 C나 인(P)의 작용으로 감기가
걸리지 않는다. 고혈압이나 신염에도 효과가 있으므로 추
운 계절의 수호신이다. 그 달고 시큼함에도 구연산이 포함
되어 있다. 따라서 좋다는 것을 알면서도 매실 말린 것을
얻을 수 없는 사람은 대용 식품으로 생각하고 먹으면 좋
다. 피로가 풀린다.

　　위암 환자의 공통 사항으로 무산증(無酸症)을 들 수 있
는데 평소에 시큼한 식품을 경계하는 경향이 강하다. 그러
나 금감이라면 괜찮다. 이것도 신맛이 있어 저항감이 있으
면 어름 사탕으로 조려 말려서 먹는다. 엿처럼 맛있다. 보
존 가능하다. 위장을 활발하게 만들기 때문에 어린이에서

부터 노인에 이르기까지 권할 수 있다. 감기의 예방은 이것으로 충분하다. 말릴 때는 가능한 직사 광선에서 바싹 말린다. 직접 금감엿을 먹을 수 있으면 좋은데, 기침 멈춤이나 독의 통증에 이용할 때는 열탕으로 만들어 물을 마시고 열매를 마시는 편이 효과가 좋다. 스트레스에 의한 위통도 멈춘다.

특이한 효과로 입덧 저지, 과음으로 오는 딸기 코 치료 등에 적용한다.

금감엿의 준비가 되어 있지 않은 경우, 심한 감기 퇴치에 날것을 10개 정도 흑설탕으로 조려 먹는다. 대개는 치료가 된다. 이상 어느 방법이나 껍질은 물론 씨앗도 먹는 것이 조건이다.

만일 어느 것인가를 시험해 보고 싶다면 금감주를 만들자. 이것은 쉽게 만들 수 있다.

도깨비의 날뜀, 스포츠 선수의 감기에 마황(麻黃)

　체력은 충분하고 심장도 강한 사람이 방심하여 감기에 걸리면 천식의 명약으로 저명한 마황의 응용이 빠르다.

　예를 들면 이것을 5그램에 계수나무 껍질과 콩을 각 4그램, 연꽃의 열매 3그램 처방의 '마황탕'을 아침 저녁 두번으로 나누어 복용하면 대개는 감기는 일단 낫는다. 신속한 요법이다. 주약(主藥)인 마황은 에프드린을 포함하는 잡초인데, 중국의 사막지대, 인도 대륙, 지중해 연안에 분포하며 어디에서나 천식 치료에 사용하고 있다.

　다만 발한(發汗) 작용이나 혈압으로의 영향이 강력하여 약 조제의 가감이 어렵다고 하는 약초이다. 그러므로 좋은 면만을 잘 이용한 것이 마황탕으로 보통 건강한 사람이 감기에 걸렸을 때 사용하는 것이다.

　이상이 한방인데 아무래도 병자 같은 느낌이 들어 싫은 경우에는 황마를 사용한 응용 예도 있다.

농도 짙은 닭 스프를 만들 때 이것을 3그램 넣는다. 마늘도 다량으로 수프 접시에 미역 데친 것과 파와 참기름을 넣어 먹는다. 소금 간이 맞는다. 요컨대 마황을 넣은 미역 수프이다.

미역을 많이 사용한다. 1회 먹으면 낫는다. 경기 출전 전날 아무래도 감기 기운이 있다고 생각되면 스포츠 선수는 이것을 섭취한다. 약을 먹는다는 의식을 가지지 않고 섭취하면 이것으로 효과는 거둘 수 있다. 마늘 냄새 나는 소변과 땀이 쭉 나와 몸의 상태는 보통 때보다 좋아진다.

어느 것을 선택하던 그것은 기호에 맡기고 감기는 만병의 근원이므로 걸리는 즉시 낫게 하는 것이 최고이다. 몸이 쇠약한 사람이나 심장병 환자에게는 좋지 않다.

여름 감기에서 폐렴까지
실파 수프로 퇴치

백합과의 실파는 파의 동족(同族)임에는 틀림 없으나 약효에 있어서는 분명히 구별된다.

그리고 여름 감기에는 이것으로 한 컵만 마시면 쾌유된다. 많은 양을 듬뿍 사용한다. 물로 죽이 될 때까지 삶았으면 즙을 마신다. 맛이 좋지는 않지만 효과는 있다. 징기스칸은 양고기 뼈와 함께 끓여 먹어 폐렴을 고쳤다. 여기에는 암염을 넣는다

실파 수프를 마시면 놀라울 정도의 소변이 나와 열이 싹 내린다. 악질적인 숙취에도 응용할 수 있다. 오체(五體)의 쇠약이나 대사 능력의 저하로 소변이 나오지 않는다. 소변이 나오지 않으면 술이 깨지 않는다. 감기도 낫지 않는다.

음용(飮用)의 요령은 짙은 즙을 조금 단숨에 마신다. 즉 실파의 진액을 먹는 것이다. 코 막힘도 해소되고 신선한 공기가 유통되어 기분이 더할 나위 없이 상쾌해 진다.

또 상당히 심한 타박상으로 환부가 욱신거릴 때도 같은 용법을 사용한다. 뼈만 부러지지 않았으면 치료된다.

다음에 불면증의 적용에는 생식(生食) 쪽이 효과가 있다. 다만 실파만을 먹는 것은 힘들다. 저녁 식사 때 된장국에 많이 넣거나 뜨거운 밥에 얹어 간장을 찍어 먹으면 맛있다. 찬 두부에도 맞는다.

그 점에서 충승은 염소국이 있어 부럽다. 표면이 덮힐 정도로 실파를 넣는다. 염소국에는 쑥이나 실파가 어울린다. 불면증이 치료된다.

요즈음 뼈가 붙은 염소고기를 발견할 수 없는 것은 안타까운 일이다. 실파는 전국에 있다. 좋은 약용 야채이다.

끈질긴 감기를 좇아 내는
미역국

　아시아계 인종의 도가니라고 일컬어진 구 관동주(舊關東州)에 누구나가 좋아했던 내한(耐寒) 스태미너 요리에 미역국이 있다. 쉽게 말하자면 미역과 쇠고기의 수프로 지금도 보건식으로써 평가되고 있다. 쇠고기 얇게 자른 것, 흰 참깨, 고추, 마늘을 참기름으로 볶는다.

　다음에 닭 수프를 넣고 미역을 다량 넣어 끓이면 완성된다. 맛은 소금과 간장으로 낸다. 파의 약맛이 맞는다. 남자의 원기(元氣), 여성의 산후식에 빼 놓을 수 없다.

　몽고계는 쇠고기를 양고기로 바꾸어 손님의 접대 등 귀한 자리에 지방분을 가하여 만들어 냈다.

　또 중국계는 여기에 고량을 넣는다. '찬 고량반은 폭탄의 탄환보다 딱딱하다' 라는 사물의 단단함을 표현하는 마적의 속담이 있는데 그런 찬밥도 미역국으로 지으면 극상(極上)의 맛이 된다.

뮈니뮈니 해도 미역을 듬뿍 사용하는 것이 포인트로 천연 칼슘과 비타민군의 보고(寶庫)이다. 혈압 하강, 호르몬 분비 촉진, 적극적인 미용 효과와 정력 증진, 감기 예방, 신경증의 완화 등 약효를 다 셀 수 없다.

쌀 한 홉의 산도중화(酸度中和)에는 단 3그램의 미역국으로 보충 체액의 균형을 유지한다. 모세혈관의 구석구석까지 신선한 혈액이 닿기 때문인지 미역국을 먹은 날은 추위를 전혀 느끼지 않는다. 미역 그 외의 상승 작용으로 뇌 신경도 침착해 진다.

우리 나라에서는 양질의 미역이 다량으로 산출된다. 미역을 넣은 된장국이나 초무침도 우수한 식품이지만 가끔 대륙계로 먹는 것도 좋다. 감기에 잘 걸리는 체질에 권하고 싶다. 박력이 생길 것이다.

과음한 다음날 아침도
아무렇지 않다

마시기 전에 후박(厚朴) 나무의
약용(藥用) 된장을 먹는다

새순이 나기 시작할 무렵의 후박나무(목련과)의 수피(樹皮)를 벗겨 잘게 썰어 만든 약용 된장은 독특한 향미가 있어 좋다.

나무 껍질 뿐만이 아니고 새순을 넣어도 좋다고 한다. 올려다 볼 정도의 큰 나무로 자란 것은 나무를 다칠 염려가 없다.

중풍 예방은 물론 평소에 먹음으로써 강정회춘(强精回春), 요통, 장내 가스, 천식, 변비 방지의 역할을 한다. 입덧도 가벼워진다.

후박나무의 약효만이 아니고 노화와 성인병을 막는 된장의 상승 효과라고 생각되는데 우수한 생활의 지혜이다.

술집에서는 안주로 나오는데 거기에서 새순과 껍질 분말을 섞는다.

중국은 한방약으로 사용하고 식품으로 응용은 하지 않

는다. 그 대신 귀중한 약용식물로 철저하게 이용한다.

껍질은 말려 위, 천식, 입덧 치료의 반하후박탕(半夏厚朴湯)에, 꽃의 봉우리는 흉부압박감 및 배의 팽만 해소에 사용하는 것이다. 또 강정용(强精用)으로는 산약(참마)과 과실을 함께 조려 먹는다. 우리 것과 비교해 어느쪽이 강정에 효과가 있는가 하는 것은 판정하기 어렵지만 그쪽은 즉효성이 있고 약용 된장은 장기유효형이라고 생각하면 좋을 것이다.

지방에 따라 약용 이용법은 여러 가지가 있으나 약용 된장도 좋다.

술의 독소(毒素)를 체내(體內)에서 일소(一掃)하는 구기자죽

중국 죽이 붐인데 구기자죽도 가끔은 좋다. 계절이 바뀔 때의 나른함, 신경 피로, 시력 회복에 좋다. 당뇨나 신장에도 좋으므로 한 가족이 모여 먹을 수 있다.

구기자의 열매와 잎, 원숭이 장미의 뿌리는 스파이스를 말려 사용한다. 이것은 쌀 한홉에 대해 5그램, 잎은 한줌이면 족하다.

돼지 고기는 로스나 삼겹살로 적당히 넣는다. 3시간 정도 끓이면 된다. 그 뒤는 좋은 소금을 선택하여 간을 맞춘다. 원숭이 장미는 들판에 많이 핀다. 한방에서는 토복령쪽을 좋아하고 죽이나 밥을 할 때 사용하는데 우리 나라에서는 원숭이 장미가 가까이 있다.

제법(製法)은 간단하므로 독신자라도 만들수 있다. 과음한 술의 독이 체내에서 일소되어 산뜻해 진다. 이뇨 작용이 강하다. 허니문 요도염, 신혼약시(新婚弱視)에도 알맞은 메뉴라고 할 수 있다.

　요령이라고 할 것도 없지만 수프를 만든다는 생각으로 물을 많이 넣고 구기자를 깨끗이 하여 사용한다.

　피로에 지친 젊은이도 아침에 이것을 먹으면 밤이 되어도 눈이 반짝인다. 어떠한 에너지 소모도 보충될 것이다. 산뜻한 맛에 그런 강력함을 기대할 수 있는 것이다.

　구기자의 잎을 발견할 수 없으면 무우의 잎으로 대용한다. 민들레 잎도 좋다.

　왠지 입에 맞는다. 노인도 좋아하는 중국 죽이다.

숙취도 두렵지 않은 산우엉의
신업효과(神業效果)

　　네프로제, 급성신염에 중국 민간에서는 상륙(商陸) 즉 산우엉의 뿌리를 사용한다. 초산 칼리의 작용으로 소변이 나온다. 캐낸 뿌리를 잘라 햇볕에 말린다.

　　하루에 5그램을 상한(上限)으로 조려 먹는다. 어린이는 성인의 반을 먹는다. 심장이 상하지 않기 위해 팥을 배합해도 좋다. 혈압도 내린다. 그리고 마황, 개구리, 계수나무를 넣는다.

　　모두 단기 복용이 원칙으로 연용은 하지 않는다. 작용이 강하기 때문이다. 시험적으로 상륙과 팥에 상기(上記)의 3품목을 가한 즙을 먹으면 숙취를 치료할 수 있다. 정신이 명랑해 지며 몸의 결림이 곧 사라지고 다시 연회에 참석하고 싶어진다. 일찍이 저명한 대륙 낭인에게 먹였더니 마법과 같이 효과가 있었다. 전한무제(前漢武帝) 시대에 이미 민간 처방이 되었다고 한다.

당시 아라비아에서 현인이라는 약제 지식을 가진 환술사(幻術師)가 중국에 왔었는데 그들의 토산품인 것 같다.

물론 숙취 대책은 부차적인 것이고 주효는 네프로제, 신장 트러블의 치료이다.

지금은 드물지만 각기병의 특효약이었다. 우리 나라에서는 산우엉으로써 습지대 등에서 팔리고 있는 것은 도라지 뿌리이다.

그것은 그것대로 좋지만 산우엉과는 다르다.

따라서 이런 약효를 기대하는 것은 무리이다. 산간에 사는 사람은 진짜 뿌리의 채집기는 만추에서 초겨울에 걸쳐서이므로 캐어도 좋다.

말려서 보존하거나 된장에 묻는다. 약용의 진미를 얻을 수 있다.

술이나 차의 안주로 먹을 정도이면 연용(連用)은 조금도 해가 되지 않는다. 오히려 몸에 좋다.

우리 나라에도 번성하고 있는 동속의 '아메리카 산우엉'은 도라지와는 다른 것이다.

비파잎으로 술도 깨고
감기도 예방

연회(宴會)의 시즌이 되면 심신이 지친다. 아무리 건강해도 주독(酒毒)을 없애는 간장, 신장의 해독 작용이 쫓아가지 못한다. 그 결과 심한 숙취로 고생한다.

이것의 해소를 위해서는 비파엽(枇杷葉)이 좋다.

민간에서 옛날부터 친숙하게 지내는 비파엽이다. 우선은 가장 단순한 방법으로 가장 효과가 높은 한 예를 들어보겠다. 비파의 잎을 많이 모아 물로 잘 씻는다. 물을 넣은 큰 냄비에 넣고 30분 정도 삶는다.

이것을 마시면 되는 것이다. 가능하면 밤에 냄비에 둔채 아침까지 방치해 둔다. 새빨갛게 된 찬 액을 벌컥벌컥 마신다.

물 대신으로 마신다. 숙취의 불쾌 증상이 낫는다. 잎의 침출액의 양에 구애될 것은 없다.

다만 다량인 편이 효과가 있다. 아직 알콜과는 인연이

없는 어린이나 병약한 노인에게는 작은 컵에 벌꿀을 넣어 믹스하여 마시면 건강의 근원이 된다.

감기에 걸리지 않는다. 광대한 대륙 여기저기에서 얻을 수 있는 벌꿀이 다량 수입되어 있다. 쉽게 마실 수 있어 좋다.

기침이 심한 경우에는 비파의 씨앗 가루를 가하면 효과가 빠른데 겨울철에는 무리이다. 그러므로 살구 씨를 5알 빻아 넣는 용법도 있다. 또 중국에서 즐기는 기침 막기 및 숙취 치료 처방에 홍차와 비파잎의 믹스차가 있는데 이것도 상당한 효과가 있다.

14장
화분증(花粉症)

봄은 즐거운
계절이다

화분증(花粉症)은 개양귀비와 목련의 자연요법(自然療法)

화분증의 집단 발생 원인은 대기의 오염이 원인이 된다. 대기가 더러우면 수질도 토질도 변한다. 모든 생물이 영향을 받는다.

즉 인간은 자연을 적으로 하고 자연의 복수를 받는 꼴이 되었다. 그 결과가 화분증이다.

이것은 조심스럽게 자연에서 손을 뻗어 도움을 받는 것도 한 가지 방법이라고 할 수 있다. 개양귀비와 목련 요법이 그 한 가지에 속한다.

모두 다 아름다운 꽃이지만 약효는 강하다. 마침 화분증이 한창일 때 꽃이 핀다. 빨간 개양귀비는 꽃잎이 아닌 화두(花頭) 전부를 따고 목련은 색에 관계없이 봉오리를 따서 햇볕에 말린다.

우선 말린 꽃을 넣어 열탕을 가한다. 인스턴트 라면의 요령으로 뚜껑을 덮고 3분 지난 다음 먹는다. 아침과 자기 전에 한 잔씩 마신다.

콧물, 기침, 재채기, 눈의 충혈, 어깨 결림, 두통이 사라진다. 활폐근(活肺筋)의 긴장이 풀리고 호흡기가 편해진다. 밤의 한잔은 신경이 안정되어 편안한 잠으로 이끈다.

불쾌한 제 증상이 가벼워지는 탓이기도 하지만 개양귀비의 무해(無害) 아편 성분이라고 할 수 있는 마취작용이 그렇게 만든다.. 같은 양귀비과라도 이것은 공인된 것이다. 꽃가게에서 볼 수 있는 포피가 이것이다.

유럽 민간의 주요 약재에 들어가는 이름이 높은 꽃으로 팬이 많다. 한편 중국 원산인 목련은 한결 같이 코의 이상에 작용하는 전통약이다.

따라서 개양귀비와 목련 요법은 동서의 약초 지식 교류 중에서 생긴 자연요법이라고 생각된다.

의사에게 가도 낫지 않을 때 한방약을 시험해 보기 바란다.

화분증의 불쾌 증상을 경감시켜 주는
형개연교탕(荊芥連翹湯)

알레르기 체질로 평소에 체력에 자신이 없고 코의 트러블을 갖고 있는 타입에게 화분증이 가해지면 곧 말기 증상에 이른다.

그런 사람에게 형개연교탕의 적용을 약국에서 상담하도록 권하고 싶다. 매년 그런 상황을 반복해서는 심각한 병이 되기 쉽다.

우선 불쾌 증상을 경감시키고 체질 개선에 맞는 광명과도 같은 중국약이다.

다만 칼슘 요법을 병행하지 않는 한 근치(根治)는 오래 간다.

요법이라고 해도 굉장한 것이 아니고 식사나 밖에서의 가벼운 운동에 유의하고, 천연 칼슘제라고 할 수 있는 굴 껍질의 분말을 복용하는 것 등이다.

즉 양자의 병용으로 점막의 자율신경을 정비하고 체질

강화를 촉진시킨다.

13품목의 식물 생약이 잘 약리작용(藥理作用)을 하여 화분증에 걸리기 쉬운 체질을 개선하는 것이다.

예를 들면 구성 약재의 하나인 개나리는 목이나 비강 점막의 염증을 없애고 소변과 함께 체내의 독소를 내보내는 약용 식물이다.

또 형개(荊芥)는 중국 동북부에 많은 약초로 열 내림, 해독, 발한(發汗)이 주효(主效)이다.

가벼운 두통을 치유하고 우울한 기분을 산뜻하게 하는 천궁, 당귀도 들어 있다. 초조한 신경을 안정시키는 것은 이런 약재의 상승 효과 때문이다.

완고한 증상에 소청룡탕(小靑龍湯)과 굴 껍질 분말

화분증에는 소청룡탕(小靑龍湯)이나 굴 껍질이 효과가 있다.

즉 식물 혼합약 '소청룡탕'을 복용할 때 동물 생약 '굴 껍질 분말'을 함께 먹는다.

이것을 생략하면 악질적인 화분증(花粉症)을 이기기 어렵다. 모두 약방에서 확인하여 소청룡탕 직후에 완전히 갈아 대량 먹으면 좋다. 이유는 결과가 증명한다.

눈과 코는 거렁거렁하거나 기침의 연속, 목아픔, 담이 멈춘다.

소청룡탕의 표준 배제(配劑)는 반하(半夏) 6그램, 작약, 마황, 가지, 감초, 세신(細莘), 오미자, 건강(乾康) 각 3그램. 이상을 0.5리터의 물에 그것이 반이 되게 끓여 침출액을 하루에 2회 나누어 복용한다.

연령이나 증상, 체질에 따르는 가감(加減)은 약방에 맡긴다. 복용 후의 굴 껍질 분말도 잊지 말 것이다.

또 소청룡탕은 한방의 본의로 돌아가 다소의 성가심은 참고 자신이 다려 먹는 것이 최고이다.

단 출장이나 이동을 동반하는 직업인은 그렇게 할 수 없으므로 기성 제품의 진액를 대신 사용한다.

무도(武道)의 수업중에 화분증으로 고생하는 선배 후배를 많이 보았다.

그것은 단련이 통용되지 않는 성가신 것이다.

그러나 이 중국 처방의 충고에 순순히 따른 사람은 모두 나았다. 그중 한사람은 건강을 생각하여 술과 담배, 육식을 금한 때부터 뜻밖의 화분증에 걸렸다.

역시 중국 처방으로 나았으나 이후는 종래의 기호로 되돌아가 현장에서 뛰고 있다.

화분증(花粉症)의 제 증상도 단숨에 해소하는 갈근탕(葛根湯)

갈근탕은 감기에 정평이 나 있는 가정약이다. 그러나 화분증 이라는 정체를 알 수 없는 알레르기 증상에는 단독으로는 당할 수 없다. 거기에 목련과 미나리과 식물인 천궁(川芎)을 가하여 이용한다. 즉 갈근탕가신이천궁(葛根湯加辛夷川芎)이다.

약방에서 체질과 증상에 따라 적절한 배합을 해 준다. 코의 심한 트러블, 정신 불안정, 두통, 눈의 충혈에 강한 작용을 미치고 화분증의 상태를 급속히 경감시킨다.

분명히 말해서 화분증의 신약(新藥)도 특효약도 아니지만 갈근탕에 익숙한 사람에게는 효과가 있다.

독자가 가르켜 준 바에 의하면 화분증은 '갈근탕가신이십약' 이나 이것으로 낫는다고 한다.

이것은 생약명(生藥名) '십약(十藥)'의 삼백초를 가한 것이다. 부정은 하지 않겠지만 어느쪽인가를 택하라면 전자인 가신이천궁(加申夷川芎)을 지지하고 싶다.

이것을 복용하고 아무래도 삼백초가 마음에 걸리면 생잎을 손가락으로 따라 비강(鼻腔)에 막는 편이 효과가 있을 것이다.

마스크 사이에 넣는 사람도 있다. 삼백초의 화분증에 대한 효용은 내복(內服)보다 이런 방법이 좋은 것이다.

이것으로 감기는 나을지 모르지만 맹위를 떨치는 화분증이 상대라면 아무래도 갈근탕 내복이 좋다.

체력이 약해도 무리없이 효과가 난다.

또 이 중국 처방은 격렬한 증상이 나타난 뒤에도 효과를 제대로 기대할 수 없는 예도 나온다.

초기에 예방적으로 사용하는 것이 요령이다. 쓸데 없는 열이 발산된다.

15장
변비·여드름·어깨 결림·치질·두통

고민하기 전에 우선
실행하라

복숭아의 꽃, 동아, 벌꿀로
변비도 부드럽게

복숭아의 꽃잎, 동아의 씨앗, 벌꿀 각 3그램을 하루에 세 번을 기준으로 물과 함께 먹으면 심한 변비가 해소된다.

복숭아의 계절에는 시험해 보면 좋다. 동아의 씨앗은 꽃 집이나 한방 약국에서 팔고 있다. 여드름이나 주근깨를 없 애는 미용 처방으로 알려져 있는데 변비에도 효과가 있다. 치질에는 바른다.

복숭아 꽃을 얕보다가 강한 설사 작용에 깜짝 놀란다. 따라서 체력의 한도가 약한 사람은 피한다.

중국은 2월 구정에 복숭아 꽃으로 장식하고 축제를 벌 인다.

꽃은 그대로 말려서 보존한다. 한 줌을 더운 물에 넣어 열탕을 부어 가끔 마신다. 설사까지는 나지 않아도 체내의 독을 없애 따뜻하게 하는 효과도 있다. 여드름의 예방도 된다.

일단 변비를 치료하여 복숭아 꽃의 위력을 알았으면 때때로 복숭아 물을 마셔 재발을 막는 것도 좋다.

잎의 입욕법(入浴法)은 땀띠도 없애고 피부 미용으로 이미 유명하다. 또 '화를 낼 때는 잎을 물려라' 라는 말이 있는데, 더운 여름에는 소금으로 문질러 발바닥의 장심에 붙이면 효과가 있다.

씨앗은 매실이나 팥에 필적하는 귀중한 약으로 홍콩의 한방약 가게에서는 가게 앞 진열대에 늘어 놓여져 있다. 그것을 도인(桃仁)이라고 한다. 모두 제암 성분인 아미그다린을 함유하고 있으며 그 외의 함유는 같은데, 여성 손님은 복숭아의 씨앗을 선택하고 있다. 산부인과계의 트러블에 효과가 있기 때문이다.

가려움을 막고, 독소(毒素)를 배출하는 토우사이가찌

오랜 세월 동안 고민하던 담을 끊고 또한 몸의 부종이나 부스럼 등 불쾌 증상의 일소를 가하려면 황협(皇莢)을 시험하면 좋다. 중국 원산의 콩과 식물 토우사이가찌의 콩깍지의 콩 및 가지의 가시를 사용한다.

항생 물질이 없을 때는 스피로헤터의 은밀한 약이었던 역사도 있고 체내의 불필요한 것을 배출하는 힘은 상당한 것이었다. 대용 비누로 사용되었다.

그런 구 세대의 주부는 콩깍지 콩을 조려 생리 불순을 치료하고 자궁의 발육에도 좋다고 믿고 있었다고 한다.

현대에는 콩깍지 쪽은 자르고 가시를 이뇨, 부종에 이용한다.

모두 조린 액을 내복한다. 가벼운 류마티스 치료에도 효과가 있어 고령층의 팬이 많다. 적어도 악화되는 것은 방지한다.

특이한 용법은 가려움증이 강한 피부 질환자의 입욕재 (入浴材)로써 이용한다. 콩깍지에 달린 열매와 가시가 붙는 가지를 욕조에 넣는다. 가시는 매우 날카로우므로 주의하여 입욕한다. 효과가 있을 것이다.

한 여성 독자는 간지러워서 잠도 잘 수 없고 결혼도 할 수 없다고 한탄하고 있었는데 이것으로 고쳤다. 그 어떤 주사를 맞아도 그 당시는 낫다가도 집으로 돌아오면 재발하는 악순환으로 반 광란의 상태에 있었는데 이것으로 나은 것이다.

한동안 내복도 병용하면 어떻겠느냐고 충고를 해 두었다. 독이 있는 체질인 것이다. 또 내복에는 조제법이 집마다 여러 가지이므로 구한 곳에서 복용법을 상세히 듣는 것이 최상이다.

채집은 잎이 떨어지고 11월의 바람이 부는 시기에 최적합하다. 채집시 가시에 주의한다.

올라가서 따는 것보다 긴 자루로 떨어뜨리는 편이 무난하다.

혈액을 정화(淨化)하여 여드름을 격퇴하는 사루도리이바라와 말린 무우

여드름을 치료하는 홍콩의 민간 요법에 토복령(土茯笭)과 말린 무우의 즙의 음용법(飮用法)이 있다. 체내의 독을 씻어 내고 흔적없이 살갗이 아름다워져 젊은이 사이에서 인기가 가시지 않고 있다. 변비나 소변 막힘에도 절대적이다. 동시에 정혈(淨血)을 하여 아름다운 피부로 만든다. 무엇보다도 싸기 때문에 건강도를 높이면서 날씬하고 싶은 현실적인 여성이 안심하고 많이 먹을 수 있다. 토복령은 백합과의 식물 스미탁스그라브라의 뿌리로 생산지는 중국 남부이다.

주효(主效)는 해독작용이다. 말린 뿌리의 덩어리는 감자를 연상시킨다.

이것의 조제법은 통복령 조각 30그램과 말린 무우 한개를 1리터의 물로 반이 될 때까지 조린다.

내용물은 버리고 3일분으로 적당히 나누어 먹는다. 한

달에 한 번으로 몸의 상태가 좋아진다고 했다. 물론 성병과는 관계가 없으니 먹어도 좋다.

말린 무우는 옛날 만큼 잘 듣는다고 강조했다. 수입 토복령은 그다지 비싸지 않다. 또 다행히 백합과의 사루도리이바라로 대용할 수 있다. 효과는 같다. 교외의 드라이브에서 두사람이 협력하면 훌륭한 뿌리를 캐낼 수 있다. 잘 씻어 햇볕에 말려 사용한다. 무우는 야채 가게에서 사서 아파트에서도 말릴 수 있다.

이렇게 하여 아름다운 피부를 만들고 체내의 여분의 오물을 배출하면 날씬해지기도 한다.

대사 능력이 쇠약해진 중고년(中高年)의 남녀에게도 권하고 싶다. 피가 더러우면 성인병에 걸리기 쉽다.

사루도리이바라는 그림책을 보면 곧 알 수 있다. 산, 들, 교외를 막론하고 우리 나라에는 많이 있다.

부 록

약초(한약재)
해설

약초 (한약재) 해설

감초(甘草)

감초의 뿌리. 성질이 온하고 맛이 달다. 비위(脾胃)를 돕고 다른 약의 작용을 부드럽게 하므로 모든 처방에 널리 쓰인다. 당감초.

갈근(葛根)

칡뿌리. 맛이 달며 갈증 · 두통 · 요통 · 항강증 및 상한 등에 발한 · 해열제로 쓰이며 가루로 만들어 복용한다. 건 갈.

고량강(高良薑)

생강의 한 종류. 중국의 광동 · 광서 · 귀주 · 사천에서 나는 여러 해살이 풀로서 뿌리를 홍두구라 하여 한약재로 쓴다.

계내금(鷄內金)

닭의 멀떠구니(모이주머니) 안에 있는 빛이 누런 얇은 막. 산이 부족한 소화불량증이나 대하 · 설사 · 오줌 · 소태 · 유정 · 혈뇨 · 편도선염 · 구내염 · 하감 · 어린 아이의 학질 등의 약으로 쓴다.

금앵자(金櫻子)

금앵자의 열매. 이것은 성질이 평온하고 맛은 시며 독이 없다. 유정·몽정·몽설·유노·설사 등에 쓰인다.

당귀(當歸)

승검초의 뿌리. 성질이 따뜻하고 맛은 달며 피를 돕는 약으로 쓰이며 강장제·진정제로도 쓰인다.

당목향(唐木香)

쥐방울과에 속한 식물의 뿌리. 성질이 차고 주로 인후병과 토제에 쓰인다.

대황(大黃)

장군풀의 뿌리. 성질이 차고 맛이 달며 통리하는 힘이 많아 대 소변불통·조혈·헛소리·잠꼬대·적취·징가·어혈 같은 병에 쓰인다.

등심초(燈心草)

골풀. 성질이 약간 차고 맛은 달다. 말린 줄기를 약으로 쓰지만 흔히 자리를 만드는 데 쓰며 줄기의 속은 등잔불의 심지로도 쓰인다.

두충(杜沖)

건조한 두충의 껍질. 이것은 강장제에 쓰며 성질이 온하고 맛이 달다. 또한 정기를 돕고 뼈를 튼튼하게 하며 허리 · 무릎 앓는데와 음습증에도 쓰인다. 원두충 · 당두충.

마황(麻黃)

마황의 줄기. 성질이 온하고 땀을 내게 하는 힘이 강하며 기침 · 두통 · 오한 따위에 약재로 쓰인다.

망초(芒硝)

박초를 두 번 달여서 만든 약재. 성질이 차고 훑어 내리게 하는 작용을 한다. 변비 · 적취에 약으로 쓰인다. 마아초.

몰약(沒藥)

감란과에 속한 떨기나무. 옛날부터 방향 및 방부제로 쓰였고, 줄기에서 나오는 즙을 말린 덩이는 특이한 향기와 쓴 맛이 있으며 방광 · 자궁 따위의 분비 과다를 멎게 하고 의료품 · 구강소독 및 통경제 · 건위제 · 함수제 등에 쓰인다. (몰약의 즙액으로 만든 약)

반하(半夏)

반하의 구경. 독이 있으며 성질은 온한데 담 · 구토 · 습증 · 해수 등의 약재로 쓰인다.

목적(木賊)

속새의 줄기. 성질이 온하고 맛은 달고 쓰다. 안질 · 산증 · 탈항 · 치질 · 변혈 · 하열 등의 약재로 쓰인다.

대극(大戟)

대극의 뿌리. 맛이 단 극약으로 대 소변을 통하게 하며 외과·부증·적취 따위에 쓰인다.

비파엽(批把葉)

학질·구토 따위의 약재로 쓰인다.

백엽(柏葉)

동쪽으로 뻗은 잣나무의 잎으로서 약재로 쓰인다. 측백.

부자(附子)

바곳의 구근. 성질이 열하고 양기를 돕는 힘이 많다. 그리고 체온이 부족한 데서 원인된 병과 흥분·진통·대사를 촉진하는 데에 유효하나 맹렬한 극약이므로 맞지 않으면 해가 된다.

백출(白朮)

삽주의 덩어리진 뿌리. 성질이 따뜻하며 비위를 돕고 소화불량·구토·설사·습증 등에 쓰인다.

백복령(白茯笭)

빛깔이 흰 복령. 성질이 온하고 맛이 단데 땀을 알맞게 나도록 하고 오줌을 순하게 하며 담중·부증·습등·설사 따위에 쓰는데 보하는 효험이 있다.

백복신(白茯神)

소나무의 뿌리를 싸고 뭉쳐서 생긴 복령. 오줌을 잘 통하게 한다. 시목. 복신.

명반(明礬)

황산알루미늄 수용액에 황산칼륨 수용액을 더했을 때 석출하는 정팔면체의 무색결정으로서 물에 잘 녹으며 떫은 맛이 나고 수렴성이 있다. 가죽을 다루거나 식품·가공·의약 등에 이용된다.

고반(枯礬)

명반을 건조하여 불로 태운 것이며 소명반 또는 비반이라고도 한다.

죽력(竹瀝)

이것은 푸른 대쪽을 불에 구워서 받은 진액으로서 성질은 차고 독이 없어 열담이나 번갈을 고치는 데 쓰인다.

파고지(破故紙)

파고지의 씨. 소금을 탄 술에 볶아 쓰는데 성질이 온하고 요통·술통에 쓰이며 고정하는 효염이 있다. 보골지.

오수유(吳茱萸)

오수유 나무의 열매. 성질이 뜨겁고 맛이 쓰다. 구풍·수렴·건위·살충의 약재로 쓰인다.

지황(地黃)

지황의 뿌리. 성질이 온하며 보혈 강장제로 쓰인다. 날 것을 생지황이라고 하고 말린 것을 건지황이라고 하며 찐 것을 숙지황이라고 한다.

황련(黃連)

깽깽이풀의 뿌리. 맛이 쓴데 성질은 약간 덥다. 눈병·설사 등의 약재로 쓰인다. 황련에는 호황련으로 련에는 호황련·모황련·일황련 및 천황련으로 구분한다.

석곡(石斛)

석곡풀의 줄기와 잎. 성질이 평온하고 맛은 달다. 건위 강장제로 쓰인다.

황백(黃柏)

황벽나무의 껍질. 성질이 차서 열로 인하여 생기는 내과·외과의 여러 병에 쓰인다.

종려피(棕櫚皮)

종려나무의 껍질. 이것은 지혈하는 데 효과가 있다.

정향(丁香)

정향나무의 꽃봉오리. 성질이 덥고 독이 없다. 근심으로 생기는 가슴앓이, 음식을 토할 때, 번위 등에 쓰인다. 계설향.

진피(秦皮)

오래 묵은 굴 껍질. 맛이 쓰고 매운데 건위·발한의 약
효가 있다.

청대(靑黛)

쪽으로 만든 검푸른 물감. 성질이 차고 열을 내리게 하
므로 어린 아이의 경간·감질이나 외과의 약재로도 쓰인
다.

패모(貝母)

패모 비늘줄기. 성질이 약간 찬데 기침과 담을 다스리는
약재로 쓰인다.

청목향(靑木香)

목향의 뿌리. 성질이 온하고 위장을 맑게 하며 번위·곽
란·심복통·이뇨·기체의 약재로 쓰인다.